Una Rosa per Vilnòf

(GILLES VILLENEUVE)

Omaggio al Campione canadese
mai dimenticato

Finito di scrivere il 14 dicembre 2019.

Credits:

*Un ringraziamento a mia figlia Michela per la
condivisione delle emozioni, dei ricordi e dei bei
momenti trascorsi, in quel pomeriggio belga
di piena estate.*

*Un sincero grazie a Lucia Gallucci (Race Organisation
circuit Zolder) e a Peter, per l'accoglienza, il supporto
e la piacevole compagnia di quel pomeriggio.
Grazie ancora Lucia, per aver esaudito il sogno di un
bambino. Senza il tuo aiuto non potrebbe nemmeno
esistere questo racconto.*

*Ringrazio Mauro Forghieri, grandissima persona e
Ingegnere formidabile, per tutte le chicche, i ricordi,
gli aneddoti che racconta, che ci fanno rivivere
l'atmosfera di quegli anni irripetibili.*

*Un ringraziamento speciale a Giorgio Bertozzi,
per il supporto incondizionato e l'amicizia dimostrata.*

*Ringrazio di cuore Maria Silvia Seghizzi
di Formigine, per aver dedicato il suo tempo a
correggere e tradurre i dialoghi in dialetto modenese.*

*Un abbraccio sincero a Joanna, a Jacques e a Melanie
Villeneuve.*

Prefazione

Scrivere un ulteriore libro su Gilles Villeneuve, dopo le molte belle opere, pubblicate negli anni scorsi da fior di giornalisti, non è certo cosa semplice. Narrare nuovamente delle gesta del Campione canadese senza cercare di essere ripetitivi, è impresa assai ardua.

Con questo racconto vorrei far conoscere il personaggio Vilnòf, con la stessa emozione di un adolescente dei primi anni '80, quando da giovane ragazzo da un giorno all'altro, vidi morire nel modo drammatico che conosciamo, il mio idolo sportivo preferito.

Riuscire poi in età adulta ad avere un appuntamento per entrare a Zolder, è stato uno dei giorni più emozionanti dei miei cinquant'anni. Percorrere in auto quel tratto di circuito e calpestare l'asfalto infuocato, di un luogo così rappresentativo per gli amanti del motorsport, credete è qualcosa di unico al mondo. Figurarsi l'emozione di poter pulire il marmo di quella stele commemorativa e poter deporre una rosa, con un biglietto di ringraziamento all'eroe sportivo.

Questo libro vuole rinverdire la coscienza emotiva dei ragazzi ormai avanti negli anni, che hanno vissuto quegli splendidi periodi tra gioie, spaventi, capriole, testacoda e staccate a ruote fumanti e prova a far conoscere ai giovani d'oggi quel tempo di lotte e duelli, nettamente diverso dalla Formula 1 odierna. Diverso, in quanto è un tempo che non esiste più, perché il mondo è cambiato.

"Caro Gilles, finalmente dopo mezza vita sono qui al tuo cospetto, dove hai spiccato l'ultimo volo. Non puoi immaginare cosa hai combinato, stiamo ancora piangendo tutti e sono passati quasi quarant'anni. Ma ti rendi conto di quanti siamo che ti vogliamo bene? Quando passerò a miglior vita, spero di incontrarti insieme ai miei cari, nell'aldilà. Ma prima, me ne andrò serenamente, perché ho avuto la fortuna di aver vissuto, quando correva Villeneuve! Grazie per tutto Gil...ci hai fatto divertire, emozionare e piangere... CIAO CAMPIONE!"

Premessa

Quel pomeriggio di maggio del 1982, ai castelli romani era un sabato caldo ma nuvoloso.
Ero seduto sul muretto della piazzetta con gli amici. Gli amici con i quali condividevo partitelle di calcio e chiacchiere da bar, sulle nostre amate squadre del cuore.
Si discuteva delle gesta di Falcao, Bruno Conti, Platini, Hansi Muller, Passarella, Boniek e Villeneuve.

Villeneuve….cosa c'entra Villeneuve?

"Alesandro…Alesandro, corri vieni qua!" – urlava mia mamma dalla porta di casa nostra, duecento metri più in fondo.

- *"A Ma' …e n'attimo, mo' arivo!"*

"Alesandro…Alesandro, vieni un attimo su!" – continuava mia mamma, visibilmente agitata.

- *"Uffa….regà vado n'attimo a sentì che vuole mi madre, mò ritorno…oh nun ve ne annate eeh!"*

Non tornai.

Appena inizio a salire i primi gradini dei ventuno, che portano all'ingresso di casa mia, la mamma mi gela: *"Lo sai chi è morto? E' morto Gil!"*

- *"Come….è morto Gil, ma che stai a dì Mà!?"*

"Viè su bello de Mamma, viè a sentì, lo stanno dicendo in tv, tra poco fanno il telegiornale delle cinque (diciassette ndr).

"Buonasera dal Tg1, Gilles Villeneuve il pilota della Ferrari di Formula 1, è in fin di vita all'ospedale universitario di Lovanio in Belgio. Il pilota canadese è stato vittima di un terribile incidente, al termine delle prove di qualificazione,

valevoli per lo schieramento di partenza del Gran Premio del Belgio, che si corre domani sul circuito di Zolder. Il ferrarista in una fase di sorpasso, ha urtato a forte velocità la March di Jochen Mass, che procedeva lentamente. La Ferrari è decollata in aria e si è disintegrata capottando più volte. Il pilota è stato sbalzato fuori dalla vettura ed è atterrato sulle reti, perdendo anche il casco. Siamo in grado di mostrarvi le immagini dell'incidente, che sono impressionanti. Il pilota è clinicamente morto!"

Partono le immagini, si vede la Ferrari che decolla, poi sparisce dal teleschermo. Quando dopo un attimo si apre l'immagine e riappare la vettura carambolante, con Gilles che vola via, mi si gela il cuore.

Guardo mia mamma ed esclamo: *"E mò?"*

"Oddio…che dispiacere….non lo posso vedè, mi fa come un non so chè!" – esclama mia madre visibilmente commossa.

"Alle sei e mezza c'è la messa da Don Umberto, va e digli una preghiera!"

Piuttosto che tornare al muretto dai miei amici, me ne andai a messa a pregare con tutte le mie forze, che il mio idolo non morisse. Credo che ognuno di noi ricordi esattamente cosa stesse facendo quel giorno, l'8 maggio 1982, quando si diffuse la notizia dell'incidente di Villeneuve. Ricordo che passando per i vicoletti di Frascati, i commercianti vicinanti si chiamavano l'un l'altro: *"Aoh, ma è vero che è morto Villeneuve!?"*

Quel giorno ognuno di noi ha perso qualcosa; abbiamo perso la nostra innocenza, la parte più bella, spontanea e gioiosa del nostro essere, perché il campione canadese oltre a trasmetterci un animo libero, ci ha fatto divertire, ma divertire da matti.

Con la sua morte è immediatamente finito quel tempo leggero e nulla è stato più come prima.

INDICE:

"Zandvoort aan Zee"

Lunedi 22 luglio - ore 11 Zandvoort aan Zee.

Questa è la storia di una breve, ma splendida vacanza tra padre e figlia, nella bella cornice di Amsterdam. Dopo la visita domenicale al museo, dedicato alle straordinarie opere di Vincent Van Gogh e a seguito di una piacevole gita in barca pre-serale (in Olanda a luglio fa buio alle 23) nei canali di Amsterdam, il mattino seguente vogliamo andare a Zandvoort, per vedere il mare del nord.

Ma Zandvoort, mi ricorda qualcosa….curva Tarzan, il giro su tre ruote…
Mah, vuoi vedere che del mare del nord non ci interessa nulla, ma andiamo lì per provare a vedere il circuito?
Esatto! A Micky non ho detto nulla, perché l'appassionato sono io e a lei probabilmente non interessa la cosa, ma una volta sul posto è curiosa e partecipe. Arrivati in treno alla stazione di Zandvoort aan Zee, ci incamminiamo dapprima verso la spiaggia e percorriamo le dune scendendo verso il mare.

E' una giornata ventosissima, ma qui è sempre così. Molti fanno kite-surf e ci sono numerose scuole sul bagnasciuga, che offrono il servizio.
Il mare? Non certo fondali di smeraldo, ma un colore grigio-marrone che ricorda l'alto adriatico da Rimini

13

a Trieste; l'acqua comunque è calda e se non fosse
per il fastidioso vento, un bel bagno ci starebbe bene.

Il vecchio circuito di Zandvoort, immerso nelle
dune della vicina spiaggia, è stato modificato da
alcuni anni e sta per essere ulteriormente migliorato,
perché nel maggio del 2020, tornerà dopo
trentacinque anni di assenza il Gran Premio Heineken
di Olanda, il Dutch Gran Prix di Formula 1.
All'ingresso c'è una sorta di monumento grigio, sulla
cui parete sono incisi i nomi dei piloti olandesi, più
conosciuti nel mondo del motorsport.

Sono menzionati Jos e Max Verstappen, Chris
Albers, Giedo Van der Garde, solo per fare alcuni
nomi, ma si nota la mancata menzione di Huub
Rothengatter, pilota olandese che ha corso in Formula
uno, con la Zakspeed sul finire degli anni '80.
Sul piazzale interno di fronte alla biglietteria, stanno
facendo corsi di guida sicura sul bagnato con delle
Bmw serie 1. Ci incamminiamo sul lungo viale di
accesso, scattiamo alcune foto e proseguiamo. Spero
di vedere un'anteprima dei lavori, in realtà troviamo
il circuito ancora nella sua antica veste.

L'unica vecchia tribuna, ormai rugginosa, di
fronte al paddock è ancora lì in piedi.
Ai lati le magnifiche dune, dove ti puoi arrampicare
per vedere "la curva Tarzan", sinonimo di
Villeneuviana memoria.
Siamo entrati in circuito liberamente, nessun addetto
al controllo, sbarra alzata e cancelli aperti; ai lati del
lungo ampio e modernissimo viale, le reti hanno
appesi gli striscioni promozionali di Dutch Gran
Prix 2020.

Sotto la tribuna c'è un ampio garage, in cui si intravvedono delle Formula 4 con i musetti staccati, poggiati uno sopra all'altro e un paio di Gran Turismo corsa, tra cui una splendida Ferrari 458. Saliamo in cima e la visione diventa splendida; a sinistra la curva Tarzan, in fondo a destra l'ultima curva nominata Arie Luvenock, che immette sul lungo rettilineo del traguardo; di fronte abbiamo i box e subito dietro di essi, il tratto di pista in discesa con il tornantino Hugenholtz e la successiva ripida salita, che porta alla parte mista del nuovo tracciato.
Il circuito di Zandvoort ha una peculiarità. Fuori dalle curve c'è il terreno in contropendenza, pavimentato da ghiaia e sabbia, quindi se un'auto esce di strada va in salita. In sostanza, è tutto maledettamente identico a quanto visto sempre in televisione, sembra che il tempo si sia fermato. A Imola ad esempio, dove per anni ho vissuto la Formula 1 dal vivo, non ho avuto la stessa sensazione. Dopo le tragedie del 1994, il circuito è cambiato più volte rimodernandosi moltissimo a livello di strutture, ma perdendo totalmente i connotati storici di ogni curva.

Lo stesso dicasi di Hockenheim, che Motodrom a parte, il nuovo tracciato non mi ha mai emozionato molto. Invece Silverstone, pur avendo perso parte delle sue caratteristiche, nella versione attuale è diventato quasi più interessante di prima.

A Zandvoort da quanto si legge sulla stampa, c'è una discussione in corso con la FIA, sul mantenimento o meno di queste tipiche via di fuga, ma sembra ormai certificato che resteranno proprio così, in pendenza.

Siamo in tribuna noi due e un nonno olandese che
accompagna il suo nipotino, nessun'altro.
Ci sono alcuni piloti in pista, che stanno girando con
delle Gran Turismo e quindi per una mezz'ora
possiamo godere dello spettacolo.

-Zandvoort, 1979-

Puntando lo sguardo a Tarzan, rivedo nella mia mente
il Gilles del 1979 che arriva in testacoda dopo lo
scoppio della gomma posteriore sinistra, si alza la
visiera, innesta la retromarcia e riparte per fare quel
fantastico, inutile show su tre ruote.
In alcuni tratti Gilles sarà costretto a pilotare
addirittura su due ruote in quanto la Ferrari T4, con la
ruota posteriore sinistra completamente staccata è
talmente sbilenca, che sembra una barchetta in balia
delle onde. Il giro è spettacolare e nel tentativo di
rientrare il più velocemente possibile, Gilles mette
per due volte le ruote sull'erba. Villeneuve è corretto,
si tiene fuori traiettoria, non ostacola nessun
concorrente e tiene sempre il braccio alzato per
segnalare il suo rallentamento. Quindi rientra ai box.

– *"Presto rimettetemi la gomma che riparto!"*

Forghieri:*"Lo sai Gil, che ti manca mezza
macchina?"*

– *"Ma non si può riparare?"*

*"No Gil, mi dispiace, questa volta non si può
riparare.."*

16

Vi ricordate cosa disse più volte l'Ing. Forghieri a
Gilles, quella domenica mattina, fin sullo
schieramento prima della partenza del Gran Premio
d'Olanda dell'81? Sul finire della stagione, la 126 CK
arrancava a metà schieramento e anche in quel gran
premio Gilles, credo, partisse quindicesimo in ottava
fila.
A Maranello stavano provando un nuovo motore
sperimentale, che venne pronto solo il sabato prima
della gara.

Enzo Ferrari, telefonò all'Ingegner Forghieri e gli
disse: *"Stanot at mand só al mutór, dman matéina t'al
móunt inséma a la machína ed Vilnóf! Dégh c'an
m'interésa brisa al risultée ed la gara, l'important l'è
cal faga tôt al gran premi, perché a m'interésa savèr
cum i van i pistóun nôv".*
*(Ti mando su in nottata il motore, domani mattina lo monti
sulla macchina di Vilnóf! Digli che non mi interessa il
risultato della gara, l'importante è che faccia tutto il gran
premio, perché mi interessa sapere come vanno i pistoni
nuovi).*

"Dégh c'at l'ho dét mé!"
(Digli che te l'ho detto io!)

– *"Va bene Commendatore, glielo dico, mi mandi su
il motore!"* – risponde Forghieri, riattaccando la
cornetta. L'indomani, i meccanici montano il nuovo
propulsore sulla 126 del canadese e l'Ing. Forghieri,
riferisce a Gilles cosa doveva fare, quali erano i piani
per la gara: *"Mi raccomando Gilles, è molto*

importante che tu finisca la gara, perché abbiamo dei pistoni nuovi da provare. E' il Commendatore Ferrari in persona che te lo chiede e mi ha detto di riferirtelo".

– *"Va bene Mauro, ho capito, vai tranquillo!"* – rispose Gilles.

A metà mattinata richiama nuovamente il Commendatore: *"Mauro, sono Ferrari – ghét det qual ca t'ho dét ier?*
(glielo hai detto, quello che ti ho detto ieri?)

– *"Sé Comendator, a ghó bele parlée doo vôlti e a gal dégh n'etra vôlta pió terd, inséma a la gréglia ed partéinsa"*
(Certo Commendatore, gli ho già parlato due volte e glielo dico di nuovo più tardi, sulla griglia di partenza).

" Am arcmánd!" – l'ultima parola del Drake.

Si va in griglia, Gilles dopo i giri di schieramento ferma la vettura, esce, si toglie il casco e Forghieri lo incalza di nuovo: *"Gilles, ti ricordi quello che ti ho detto stamattina, di fare una gara prudente, hai il motore nuovo.."*

– *"Mauro, guarda che me lo hai detto due ore fa quattro volte, non sono mica un cretino!"*

– *"Je comprends, j'ai bien compris, tres bien!"*

"Va bene Gilles, ti lascio in pace, ma mi

*raccomando! Spero che non ti capiti qualche
imprevisto, come qualche volta ti capita, perché se
dovesse succedere non so cosa posso farti, ma
soprattutto non so cosa potrà dirti l'Ing. Ferrari,
visto che te lo ha chiesto lui in persona; sai che per
noi è fondamentale andare avanti il più possibile in
questa gara".*

– *"Mauro, tranquillo è tutto chiaro".*

Pronti via! Dopo 300 metri in fondo, c'è la curva
Tarzan…

…Gilles parte in sordina, poi trova un varco al centro
tra Giacomelli e Patrese, si infila, forse lo
stringono…SBAM!
"L'aviatore" si alza e ripiomba a terra, compie una
serie di testacoda e finisce sulla sabbia all'esterno
della curva.
Forghieri nelle varie interviste, ridendo dice:
*"E' finito dentro i cartelloni, in fondo alla curva
Tarzan!"*
Gilles esce dalla vettura, percorre velocemente la
discesa (l'esterno della curva è inclinata in salita)
e gira a largo, non torna subito al box Ferrari.

Dapprima chiede a un meccanico: *"Vai a sentire se
Forghieri è tanto incazzato e se ha ricevuto una
telefonata da Maranello!"*
Mauro Forghieri, ride di gusto ogni volta che lo
racconta.

Poi si avvicinò all'Ingegnere e chiese scusa.
"Furia" gli disse che aveva fatto una *"bestiolata"*,
visto che adesso dovranno aspettare quindici giorni,
per sapere come va il nuovo motore.

"Amsterdam Bijlmer"

Martedì 23 luglio - ore 8 Amsterdam Bijlmer.

Sveglia mattutina alle 6,30 di una giornata limpida e calda. Lasciamo il nostro alloggio al 14° piano dell'Ibis Hotel ad Amstelveen e ci dirigiamo con i nostri bagagli alla fermata del bus di Biesbosch dove troviamo pronto il bus 45 – *(non il 55, vero Micky!?)* quindi ci dirigiamo alla stazione di Zuid, dove con una Metropolitana arriveremo più o meno rapidamente a due passi dall'Amsterdam Arena, lo stadio dove gioca l'Ajiax, conosciuto anche come Johan Cruiff Arena.
Qui, dobbiamo prendere un Flixbus per Maastricht.

Andiamo in Belgio, ma a Hoogoorddreef non c'è uno straccio di palina, che indichi la fermata.

Stiamo sbagliando strada?

Mettiamo il navigatore ma si impalla, ricalcola di continuo la posizione, senza indicarci la giusta destinazione. Sono le 8,10 – il bus parte alle 8,20 – se abbiamo sbagliato strada siamo fregati.

Inizio ad imprecare e agitarmi.

Comincia così, quello che sarà un autentico pellegrinaggio, per portare la mia rosa rossa a Gilles. Sotto il cavalcavia di Bijlmer spunta un Flixbus, che si ferma non distante, su un marciapiede anonimo di fronte alla sede olandese dell'Adidas.

"Corri Mic, chiedi al conducente se è quello il nostro bus...!"

Michela, con il suo fluente inglese chiede se il Flix è diretto in Lussemburgo. Risposta scorbutica dell'autista con la cravatta verde ma positiva, è lui il nostro bus.

Santi numi, – *"ma mettetela 'na ...azz di palina sul marciapiedi...vichinghi!"* – sentenzierebbe Checco Zalone, in un'ipotetica scena di *"Quo vado?"*

Saliamo on-board, Il pullman è nuovissimo e semivuoto, temperatura interna molto fresca, ma non fastidiosa; un buon odore di pulito ci accompagna.

Partiamo in direzione Belgio, Hasselt-Heusden-Zolder la nostra destinazione, ma la nostra prima tappa sarà a Maastricht, dove effettueremo un cambio bus e aspetteremo per un'oretta la coincidenza per Hasselt, dove alloggeremo.

Tappe intermedie del viaggio, Eindhoven e appunto Maastricht. Quella che si prevede come *"la giornata del ricordo"*, in realtà ha anche una parte disimpegnata e curiosa, l'alloggio al Bo-Ness di Hasselt, in una spa-wellness ricavata all'interno di una ex-nave mercantile, attraccata lungo un ansa del canale fluviale Albert. Si dorme in nave dunque e abbiamo sia la vasca idromassaggio, che la sauna di fianco al letto, il tutto con la vista sul fiume. Già questo, rende elettrizzante la tappa belga. Prima della parte ludica però voglio andare a Zolder, a onorare il Campione canadese.

Voglio andare a trovare Villeneuve! In fondo sono venuto fin qui per questo.

-Roma, 31 maggio 1981-

Villeneuve, Villanova, Cittanuova, Vilnev, Vilnòf, addirittura Minerva, come lo chiamavano alcuni anziani, che non riuscivano a pronunciare bene il suo nome.
"Sai per caso, che ha fatto Villeneuve?"
Era la litania di chiunque incontravi per strada, la domenica pomeriggio.
Cosa avesse fatto Villeneuve, era alla stregua di un….*"Aoh...sai che ha fatto 'a Roma?"*

    –   *"Ha vinto, Villeneuve!"*

"Ma davero? A Montecarlo!? Ha vinto? È matto, ma è propio forte...e chi u batte! Finché nun s'ammazza.."
Povero Gilles, sembra te l'abbiano tirata.

Caro *"Aviatore"*, era evidente che con quel tuo modo di correre ci potesse essere il rischio neanche troppo recondito di farsi male, però proprio per questo eri venerato e adorato; ultimo cavaliere del rischio o dell'inutile, come qualche denigratore scrisse.

Un piccolo canadese, poco meno di un metro e sessanta, faccia pulita e imbronciata da bambino.

"Un fascio di nervi, che mi ricordava Nuvolari", come lo definì Enzo Ferrari e un coraggio che rasentava l'assurdo.

Un pazzo, un autentico pazzo, nel senso buono del termine. Tenacia, coraggio e sfida all'impossibile la sua missione.

Se dopo quasi quarant'anni è ancora osannato e venerato in questo modo, vivaddio, ci sarà pure un motivo. Emozione, adrenalina, combattività, classe, Gilles era tutto questo e molto di più.

Ti teneva incollato al video per tutta la gara, anche quando era in decima posizione e tentava di rimontare, rischiando l'incidente che spesso avveniva, spettacolare e pericoloso, ma mai cruento.

A quel punto usciva da una vettura ridotta in brandelli e si incamminava ai box, con la faccia di chi sapeva, di aver combinato una marachella.

Era un puro Gilles, aveva un cuore enorme e comunque riusciva a farsi scivolare tutto di dosso, anche i traumatici esordi in Ferrari, culminati con la tragedia del Fuji, al Gran Premio del Giappone 1977, dove distrusse in un incidente simile a quello di Zolder, la Ferrari iridata di Lauda investendo due spettatori, morti sul colpo.

Non aveva colpe Gilles, quelle persone non avrebbero dovuto trovarsi in quel punto, ma dell'incidente ne parlò il mondo intero e piovvero accuse al vetriolo all'indirizzo del Commendatore Ferrari a Maranello.

Al Drake condannavano un'avventata leggerezza nell'assumere e mettere in vettura un perfetto sconosciuto, un giovane impreparato da mandare allo sbaraglio.
Iniziò volando Gilles al Fuji, ma per sua fortuna non trovò terrapieni come a Terlamenbocht, che frantumarono la sua vettura e la sua vita.

Se la cavò, tornò ai box senza un graffio e durante la sosta invernale, si mise con dedizione ad imparare. Iniziò un vero e proprio tirocinio con le Ferrari T2, provando nei mesi freddi sia a Fiorano sia a Vallelunga alle porte della capitale, effettuando numerosi test insieme al compagno di squadra Carlos Reutemann.

"Hasselt e i suoi contrattempi"

Martedì 23 luglio - ore 13 Hasselt.

Dopo il cambio bus a Maastricht, tentiamo inutilmente di anticiparci e prendere un bus delle linee De Lijn, per arrivare un'ora prima ad Hasselt, ma ovviamente non siamo fortunati.
Ci facciamo un chilometro di corsa sotto il sole e con gli ingombranti trolley, arriviamo alla presunta fermata del bus, che non passa o è già passato.

Il prossimo sarà un'ora più tardi.

Vabbè, ci abbiamo provato; non ci resta che farci il nostro benedetto chilometro per tornare indietro alla palina Flixbus; temperatura alle 12, quarantuno gradi.

Sostiamo quarantacinque minuti sdraiati sul marciapiedi e alle 12,05 in punto arriva il Flixbus, che ci porta ad Hasselt. Ci imbattiamo sempre in conducenti antipatici, che ci caricano i bagagli perennemente scocciati.

Saliamo a bordo, il bus è strapieno. Troviamo dei posti in fondo, un po' stretti ma fa nulla, manca ormai poco all'obiettivo di una vita. Tredici e cinque minuti in punto, scendiamo in stazione a Hasselt. Prendiamo i nostri bagagli e ci indirizziamo verso la navetta BP, che ci risulta percorrere l'anello di strada attorno al centro della città gratuitamente, in quanto l'App non fa acquistare il ticket per la suddetta circolare.

Sbagliamo, perché un solerte autista ci fa pagare sei euro per i due ticket di viaggio.

Vivaddio non muore nessuno, ma permettetemi di acquistare i biglietti dall'App, senza ulteriori scocciature. In passato a Hasselt, offrivano la navetta gratuita; ora non più probabilmente.

Devo ringraziare Michela, perché comunque con questi contrattempi, c'è la necessità di saper comprendere e parlare un fluente inglese e il mio non fluisce affatto.

Arriviamo dopo cinque minuti, alla fermata di Molenpoort dove non distante a Kempische Kaai, si trova la nave Bo-Ness, dove alloggeremo.

Sono le 13,20 e ho appuntamento a Zolder, in circuito per le quindici.

Da Molenpoort, attraversiamo la strada verso il bel canale ormeggiato da tante belle barche, ma purtroppo la nostra barca-spa-hotel è maledettamente lontanissima. La vediamo attraccata in fondo, sembra vicina ma è distante almeno un chilometro e siamo a quarantadue gradi, senza un filo di ombra lungo il percorso.

Comincio a pensare, chi me lo ha fatto fare.

Stiamo rischiando un malore, sotto un sole cocente, per andare a vedere il punto dove è successa una tragedia trentasette anni orsono.

Arriviamo sfiniti alla nave, un cordiale benvenuti a bordo ed un veloce check-in alla reception. Ci aprono le cabine che sono arredate in modo meraviglioso, tutto è ancora più bello delle pur splendide foto di booking.com.
Ma questa bellezza ce la godremo più tardi, dobbiamo andare a Zolder e il tempo vola.

Invito Michela a chiamare un taxi, girandogli un numero, che avevo preventivamente messo nella rubrica telefonica. Nel frattempo, faccio una veloce doccia.
Mi richiama la Micky: *"Papà, guarda che non vengono a prenderci prima di due ore e mi hanno pure risposto male!"*

– *"Come ti hanno risposto male? Ma è possibile che non ci sia un taxi, in questa cittadina?"*

"Papà, non sono mica stupida!"

Ormai sono le 14,05.

– *"Ok, mi spiace ma dobbiamo uscire subito e di corsa; dobbiamo rifarci il chilometro sotto il sole e tornare a prendere la navetta a Molenpoort".*

E sperare di arrivare in stazione per le 14,35.
A quell'ora parte il bus per Heusden-Zolder-Viversel e il bus successivo è alle 15,35! Inizia qualche discussione.
"Io non vengo, sono stanca!" - esordisce Micky.

– *"Cavolo, ti porto nei migliori posti e nei migliori alberghi e adesso per una cosa che interessa a me, mi pianti?"* - ribatto fortemente scocciato.

– *"Prova a richiamare il taxi, invece di lamentarti!"*

Michela richiama il call-center, dall'altra parte le ripetono: *"Se ha chiamato mezz'ora fa e le ho detto tra due ore, adesso le dico che ci vuole ancora un'ora e mezza per il taxi."*
In sostanza, un elegantissimo *'non scocciate!'*

Incassiamo e pazienza.

Via ripartiamo, zaino in spalla e passo veloce; nel tragitto verso Molenpoort, più volte penso a un destino avverso e che forse non dovrei andare. Sento una negatività intorno, che mi fa paura.

Le mie vene sembrano scoppiare complice il caldo, credo di avere le pulsazioni altissime. Anche Michela è stanca. Non ci rassegnamo, arriviamo alla fermata della circolare BP, sono le 14,20 non ce la faremo mai ma andiamo avanti con tenacia, ci dobbiamo riuscire.

Dopo tre minuti arriva il bus.

Saliamo a bordo: *"Good morning, two ticket for the Hasselt station, please!"*

"It's a six euro!" – risponde l'autista belga.

Gli dò una banconota da venti euro…

.. *"Non ho il resto da darvi…"* – riferisce in inglese,
"…o mi date i soldi giusti, o scendete!"

– *"Non abbiamo i soldi giusti, tenete pure il resto,
non fa nulla, ma portateci in stazione per favore!"*

"It's no possible, get off, please!"

– *"Get off, cosa? Ma sei sveglio? Lo capisci che non
vogliamo il resto, non importa?"*

"Repeat, get off please!" – ribadisce con tono seccato
e alzandosi dal sedile.

Maledetto, maledetto!
Ci tocca scendere, trattati in maniera allucinante.
Siamo all'assurdo, taxi inesistenti, autisti scorbutici,
cos'altro ci aspetterà?
Volete la guerra….e guerra sia! Mi armo della mia
consueta tenacia, mista a rabbia e costi quel che costi
qualcuno ci porterà a Zolder, servisse anche litigare,
ma ci arriveremo. Parafrasando una nota canzone di
Antonello Venditti – *"Bomba o non bomba,
arriveremo a Roma!"*

Mi sembra che in questa cittadina belga, siano un bel
po' diffidenti con i turisti e soprattutto si agitano per
un nonnulla. Tra l'altro la città di Hasselt ha dato i
natali a Max Verstappen, il giovane e valoroso pilota
della Red-Bull Honda. Max, anche se di passaporto

olandese per via del padre Jos, ha sua mamma che è belga e anch'essa è un pilota di auto.

Torniamo in banchina e dopo altri tre minuti, arriva un'altra BP.

A bordo un cortese autista giovane, molto più malleabile; gli chiediamo due biglietti per la stazione, ci dice che non ha né biglietti, né il resto da darci ma ci fa cenno: *"Dai salite, vi porto lo stesso"*.

Santissimo ragazzo belga, vorrei baciarti sulla fronte... graziegraziegraziegrazie!

Sono le 14,33 e tra due minuti parte dal Perron 11, il bus per Heusden.

Sale l'adrenalina a mille*:"Micky, pronta a correre e speriamo che il bus che dobbiamo prendere, sia in ritardo!"* – Arriviamo in stazione, in banchina al Perron 11, cinque persone in attesa, il bus deve ancora arrivare – no eccolo – arriva ora il DeLijn per il circuito.

"Madonna incoroneta" – esclamerebbe Lino Banfi, ce l'abbiamo fatta. Ma non è finita.

– *"Please, two tickets, for Viversel Chapel, thanks!"*

"Non ho né biglietti, né resto da darvi!" (ma và?) – la risposta del conducente.

Tra me e me penso*:"Che il Signore vi fulmini"*.

Parto al contrattacco*:"Posso fare i biglietti con la vostra App e pagare con carta di credito?"*

"Certanly, very good!"

– *"Ohh, mammasantissima, meno male!*

Benedicta tu in mulièribus et benedictus fructus ventris tui, Jesus".

Una prece di ringraziamento, ci vuole tutta. Il bus parte, adesso sono tranquillo e comincio a rilassarmi, tra venti minuti sarò al mio appuntamento che aspetto da trentasette anni.

Voglio portare la mia rosa a Gilles! Sono qui per questo, solo per questo. Avevo tredici anni quando è morto e ora ne ho cinquanta, è un'occasione unica e irripetibile, che forse non avrò mai più.

Arriviamo in località Terlamen, cominciamo ad intravvedere il circuito, c'è molta confusione intorno, ma più che confusione c'è aria di festa sulle strade limitrofe. In circuito a Zolder, precisamente alle curve di Terlamenbocht, sono in corso i Campionati Mondiali UCI di Bmx, ovvero le bici da cross e c'è tantissima folla e tantissimi partecipanti da tutto il mondo.

"L'arrivo in circuito a Zolder"

Prima di scendere a Chapel, già nel territorio di
Viversel, intravvedo la curva di Terlamen, il luogo
dell'incidente che ci ha portato via il nostro adorato
canadese volante.

E' fatta, ci sono arrivato, finalmente!

Scendiamo a Chapel, la fermata del bus è in un'ampia
curva, dove non c'è molta visibilità e devi stare
attento a non farti *"arrotare"*.
Attraversiamo la strada e dall'altro lato della stessa
c'è già una transenna con un addetto al circuito,
seduto su una sedia:*"Exscusez moj, nous avons an
appuntament whit Lucia Gallucci, directeur du
Circuit du Zolder. We are entrambe in gate 4!"* –
esclamo io nel mio francese sgangherato, mischiato
all'inglese e all'italiano.
Sò che faccio ridere e parlo come Totò, ma mi faccio
capire. *"Va bene"* risponde il tizio, procedete laggiù!

Ci incamminiamo nelle stradine all'interno del bosco,
mi sembra di stare nel parco di Monza; sul lato destro
della strada alcune abitazioni di pregio, con giardini e
piscine molto curate.
Poco dopo svoltiamo a sinistra e indico a mia
figlia:*"Vedi, laggiù c'è il cancello d'ingresso,
coraggio, un ultimo sforzo!"* - Arriviamo in fondo, il
cancello della pista è aperto.

Ci sono tre addetti all'ingresso, ai quali mostro la mail di Lucia e riferisco loro che abbiamo un appuntamento con lei.

"Okey, okey, voi avete un appuntamento con Lussìa, (lo ha pronunciato proprio così). *La direzione gara con l'ufficio di Lussìa, lo trovate lì in fondo".*

– *"Thank you so much, merci beaucup, grazie! –* ringrazio in tutte le lingue immaginabili.

Attraversiamo la pista, guardo in fondo a sinistra e vedo la chicane dietro ai box, la Kleine.
In fondo a destra l'uscita della curva adiacente il canale Albert, dedicata a Lucien Bianchi, zio del compianto Jules, pilota della Marussia e del Ferrari Driver Academy, perito nella primavera del 2015 all'ospedale di Nizza.

Jules era ricoverato nel nosocomio in costa azzurra, dall'ottobre del 2014, quando si schiantò contro una gru in manovra a Suzuka, durante il Gran Premio del Giappone. Jules, morì senza aver mai ripreso conoscenza.
La curva Lucien Bianchi, ha come caratteristica visiva all'esterno l'enorme pala eolica che gira, gira, gira. Di fronte, il paddock che troviamo pieno di camper, roulotte, tende, motorhome, tutti al seguito degli atleti del mondiale UCI, Bmx.

Arriviamo all'edificio della direzione gara e alla sua destra troviamo il monumento dedicato a Gilles, quello con i cinque pali in ferro che sostengono rispettivamente, una Ferrari col numero ventisette, il logo del cavallino rampante di Ferrari, il casco di Gilles misto bronzo e ferro, l'autografo del canadese, la foglia d'acero simbolo del Canada, tutto molto bello. Saliamo pochi gradini ed entriamo nella reception, dove ci accolgono due gentili ragazze.

Riferiamo che abbiamo un appuntamento con Lucia Gallucci. Lucia che è in una stanza adiacente, viene subito ad accoglierci.

"Ciao Alessandro, ciao ragazzi, benvenuti!"

Si dialoga in italiano, Lucia ha origini italiane, nonostante viva in Belgio da quarant'anni.

Siamo arsi dal caldo, il salotto dove ci fa accomodare è fresco e ha un accogliente divano.
"Qui c'è l'acqua ragazzi, prendetene quanta ne volete!" Ce ne siamo scolati almeno due litri; il livello del dispenser scendeva a vista d'occhio. Ne avevamo bisogno, avevamo sudato anche l'acqua del battesimo!
Porto in dono a Lucia, il mio libro *"Perché muoiono gli eroi?"* – e nel frattempo arriva il marito Peter, che ci delizia della sua compagnia.
L'accoglienza è straordinaria, si parla un po' dei gran premi corsi qui a Zolder, della Formula 1 che fu, poi Lucia chiede a Peter se ci può accompagnare a Terlamenbocht, dove c'è il monumento dedicato a Gilles:*"Dai che vi porta lui, neanche a fare la sfacchinata, con questo caldo poi; state lì tutto il tempo che volete e dopo ci rivediamo qui"*.

– *"Grazie Lucia, non vorremmo disturbare oltre"*.

"Andate pure tranquilli, con Peter!"

Saliamo a bordo della vettura, brandizzata sulle portiere anteriori con un bel logo rosso e argento "Zolder circuit", usciamo dal paddock, svoltiamo a destra per arrivare alla chicane e poi scendere giù alla curva del bosco.

- *"Peter, io inizio a filmare con il telefono, posso?"*

"Certo, fai pure".

Rapidamente arriviamo alla chicane, sinistra/destra, ora denominata Kleine chicane e poi inizia la salitella, nella cui sommità c'è il ponte.
Dai filmati tv e dalle foto, mi sono fatto l'idea che superato il dosso, inizia la discesa e poi la piega a sinistra della curva di Terlamen, che adesso si chiama Butte curve. La realtà è diversa da come immaginavo, quando sei sul dosso inizia subito la piega della Butte in discesa a sinistra, ci sei già dentro praticamente.

Io esclamo: *"Ullallà!"* – preso dall'emozione.

Una curva bellissima e maledetta, una piega a sinistra in semiparabolica, che ti lascia senza fiato.
Percorriamo il rettilineo, fino in prossimità della chicane dedicata a Villeneuve, poi scendiamo perché la pista è sbarrata da reti metalliche, perché nel prato all'interno di Terlamenbocht c'è il circuito, dove si

stanno disputando i campionati del mondo di Bmx e la chicane Villeneuve viene usata da tantissimi bikers, per il riscaldamento pre-gara.

"Lacrime a Terlamenbocht"

Appena scesi dall'auto, inizio subito a filmare e parte l'emozione. Faccio fatica a parlare, ho la voce tremante; non mi viene da piangere ma l'emozione è fortissima.

Credevo di trovare un ambiente spettrale, figlio di un ricordo angoscioso dell'immane tragedia del 1982 invece è quasi maledettamente "bello".

Ci sono decine di ciclisti che fanno avanti e indietro sulla chicane Villeneuve, per il riscaldamento prima della competizione mondiale di categoria.

All'interno nel prato, un clima festoso.

Si sente chiaramente lo speaker, che grida: *"Three, two, one, go, go, go, go!"* – urla e tifo a squarciagola, dalle tribunette circostanti.

Cerco di ricostruire l'incidente soffermandomi sull'intera visione della zona; voglio capire la dinamica. Poi giunge il momento di andare a trovare finalmente Gilles.

Percorriamo il tratto in ghiaia dove è sepolto l'asfalto della vecchia curva a destra, sostituita un trentennio fa dalla chicane. Il monumento di Gilles è dietro un guard-rail, protetto da due file di pneumatici e una rete metallica.

Finalmente ti intravvedo mitico *"Aviatore"*, sono a pochi passi da te…
…*"Ciao Gil, ciao Campione, sono qua!"*

Mi sciolgo in una commozione liberatoria, la commozione di un bambino o di un cinquantenne, non so dirvi. In due minuti, due, vado in trance; davanti a quella stele e davanti ai miei occhi, ripassano le immagini di lui, come se vivesse lì.

Mi sembra di essere andato a trovare un caro vecchio amico, che non vedo da tanto tempo e ho come la sensazione che Gilles, mi stesse aspettando.
Ad un tratto mi sembra di essere in paradiso, anche io morto che vado in cerca di lui.
Poi rivedo l'immagine del suo corpo, drammatica; Gilles nella rete, con la sua tuta bianca e il sedile ancora attaccato dietro la schiena, il capo reclinato sul paletto, come in un flashback.

Shock totale!

Poi si riaccende la luce; alzo gli occhi oltre la stele commemorativa e dall'altro lato della strada, c'è gente gioiosa che si tuffa in piscina, dagli scivoli.
C'è un parco giochi lì a Terlamen, con scivoli e giochi d'acqua in un grande prato verde, tutto proprio alle spalle della chicane dedicata a Gilles.
Comincio a stare bene, il pianto mi ha tranquillizzato.
La cosa ha contagiato pure Michela, anche lei "rapita" dal luogo o spiazzata dalla mia reazione.

Il bel marmo, nero e lucido con sopra incise le date di nascita e di morte di Gilles, è impolverato dal polline degli alberi sovrastanti. Urge una bella ripulita.

Il fazzoletto di carta che avevo in tasca, serve allo scopo. Il marmo torna lucente, ora posso estrarre dallo zaino la mia rosa da donare a Gil!

In realtà sono due rose rosse, una molto particolare è prodotta da *"Made in flowers"*, azienda che produce rose vere stabilizzate, multicolori, affogate in un letto di lattice trasparente e profumato e protette da uno spesso vasetto in cristallo. L'azienda scrive sulla confezione, che durano per anni, mantenendo inalterata la bellezza e la profumazione. All'interno della confezione, posiziono un biglietto, su cui ho scritto una personale dedica di ringraziamento per Gilles.

Questa particolare rosa, trova spazio sul piano del piedistallo di cemento, che sostiene la lastra in marmo. La seconda rosa rossa, non vera, ma di un tessuto di fattura eccelsa, la posiziono sul marmo stesso a cavallo delle scritte incise, senza coprirle.

L'immagine d'insieme che ne scaturisce, è uno spettacolo di semplicità ed eleganza. Il giallo dell'erba bruciata dal caldo torrido, il verde degli alberi, il grigio chiaro del piedistallo, il nero lucido del marmo, il rosso delle rose e le nostre lacrime.

Procediamo con il rito delle foto, armati dei nostri smartphone, senza disdegnare la vecchia telecamera a nastri MiniDV, ormai obsoleta, ma che rende il tutto un po' vintage, anche se è una tecnologia di soli venti anni fa.

Faccio partire il vecchio nastro e parte il brusio delle testine che ruggiscono ancora, per immortalare il momento storico.

Proviamo a rivedere su Youtube il filmato dell'incidente, forse Michela non lo aveva mai visto e ovviamente resta attonita.

Introduciamo nello stomaco un po' di zuccheri, gustando un immancabile stecca di cioccolato che non manca mai nel mio zaino e poco dopo anche se non abbiamo ancora finito il tour, è già arrivato il momento di salutare Gilles.

Amico mio, mio eroe, non posso lasciarti senza un bacio sul marmo, una carezza all'intera struttura e un augurio: *"Ciao Gil, ciao Campione, ci rivediamo presto!"*

Sono le ore sedici, del 23 luglio del duemila e diciannove e ho appena esaudito il mio desiderio di una vita.

Per anni ho sognato, sperato, desiderato – mi dicevo: *"Prima o poi, ci andrò!"* – *"Ci devo andare.."* – *"Non so quando, né come, ma giuro che ci andrò!"*

Un primo tentativo ci fu, nell'autunno del 2008 quando presi contatto con l'attivissimo, Ferrari Club di Genk. Chiesi se tramite loro, ci poteva essere la possibilità di entrare in circuito a Zolder, per visitare il sito dell'incidente di Villeneuve.

Poi per una serie di circostanze, dovute anche alle ristrettezze economiche del periodo (avevo una gelateria, ed ero nella fase di incassi magri, vista la stagionalità), dovetti soprassedere e rimandare.

Nella tarda primavera 2019, complice una tre giorni programmata ai primi di giugno a Gelsenkirchen, per lavoro, mi accorsi che Zolder distava solo centottanta chilometri. Da lì, il desiderio finalmente di andare.

Decisi quindi di far partire la richiesta via mail, direttamente dal form del sito del circuito di Zolder, poi la gentilezza di Lucia Gallucci, che ricordo è la Race Organisation del circuito, ha permesso di realizzare il sogno.

Ma torniamo a noi, la visita non è finita. Siamo stanchissimi e accaldati, ma felicissimi.

Voglio fare un reportage per me e per gli amici dei quattro gruppi di adoratori di Gilles, ai quali sono iscritto su Facebook. Continuo le riprese e mentre mia figlia sosta un po' all'ombra di una betulla, io mi dirigo a metà del rettilineo verso la piega di Butte, proprio all'altezza del contatto, tra la ruota della Ferrari di Gilles e la March di Jochen Mass.

Estraggo dallo zaino, due piccoli modellini in scala, rispettivamente della 126 CK e dell'ultima 126 C2, li posiziono sull'asfalto rovente e inizio a fotografare e filmare.

Risultato?

Foto fantastiche, bellissime! Primo piano del bitume di asfalto, su cui poggiano i modellini e sullo sfondo la piega maledetta, l'ultima curva terrena di Gilles Villeneuve. Poesia pura.

Indosso dei bermuda corti, quindi le mie ginocchia al contatto con l'asfalto rovente, di grana grossa, mi provoca una mezza ustione e rialzandomi, noto lo stampo dello stesso sulle ginocchia e sulle mie tibie.

Ma tant'è, all'aviator non si comanda.

"I fatti di quel giorno"

Sabato 8 maggio 1982, sul circuito di Zolder nella provincia del Limburgo, nelle Fiandre è un primo pomeriggio nuvoloso.
Sul circuito fiammingo, si stanno disputando gli ultimi minuti delle prove di qualificazione, valevoli per la griglia di partenza del Gran Premio del Belgio di Formula 1, che si corre l'indomani.

Non è un periodo semplice nel circus. Si vive nel sospetto e si controlla il nemico.
Le scuderie inglesi che montano i motori aspirati, per contrastare lo strapotere dei turbo Ferrari e Renault, fanno correre le vetture sottopeso, rabboccando a fine gara con dell'acqua, gli enormi serbatoi nascosti nelle fiancate laterali, tornando magicamente regolari alle verifiche.
Ferrari e Renault che hanno scoperto il trucco, fanno aprire un'indagine da parte della Fia.
Il vincitore del Gran Premio del Brasile a Rio de Janeiro, il carioca Nelson Piquet su Brabham e il finlandese Keke Rosberg giunto secondo su Williams, vengono squalificati.
Per protesta a Imola, al Gran premio di San Marino del 25 aprile, le scuderie inglesi non partecipano e al via ci saranno solamente quattordici vetture. A Zolder, sono le 13,50 del pomeriggio e mancano dieci minuti al termine delle prove cronometrate.
Gilles Villeneuve, pilota canadese della Ferrari e

idolo di milioni di tifosi nel mondo, lascia la corsia dei box cercando in un ultimo tentativo, di migliorare l'ottavo tempo in griglia.

Il suo compagno di scuderia il francese Didier Pironi, sta per terminare le sue prove e ha stabilito un crono migliore di quello del canadese, che gli vale il sesto posto in griglia. Ma Gilles oggi vuole battere assolutamente Pironi.

Villeneuve sa benissimo, che Pironi va forte sul circuito fiammingo, in quanto due anni prima aveva trionfato con la Ligier.

In quell'istante Gilles non può sapere, che Pironi ha ottenuto un crono migliore del suo (all'epoca non c'erano contatti radio con i box), ma lo intuisce. Il canadese ha esaurito i suoi treni di gomme, ma insiste per fare un ultimo disperato tentativo con le gomme usate.

Vuole assolutamente stare davanti a colui, che gli ha "rubato" la vittoria a Imola. I meccanici scelgono le quattro migliori gomme, le puliscono, le raffreddano e gliele montano sulla vettura.

L'ing. Forghieri tenta di dissuaderlo, ma Villeneuve ribatte: *"Mauro, tu non puoi impedirmi di uscire. Ma cosa vuoi che succeda? Faccio due giri e torno dentro, lascia che provi."*

"Certo Gilles, non te lo posso impedire, ma è impossibile che tu riesca a migliorarti. Per favore dimentica lo sgarbo, vedrai che riuscirai a rifarti e a vincere altre gare. Comunque va bene, fai un solo giro lanciato e poi ti mostro il cartello box e tu rientri subito".

Sono quattordici giorni che Gilles non rivolge più la parola a Didier, dopo i dissidi scaturiti al termine del Gran Premio di San Marino, del 25 aprile.
A Imola le Ferrari realizzarono una straordinaria doppietta ma il canadese, si sentì defraudato di una vittoria che gli spettava di diritto.
Un incauto cartello "slow" (andate piano), esposto al muretto box ferrarista, dopo la rottura del turbo della Renault di Arnoux e con Villeneuve in testa in quel momento, ha creato dissapori a non finire.

A vincere era stato Pironi e Villeneuve è giunto secondo alle sue spalle. L'epilogo, un folle sorpasso all'ultimo giro da parte del francese ai danni del canadese, dopo che Pironi aveva acceso una battaglia dissennata negli ultimi 10 giri, senza rispettare il suddetto cartello.
      Pironi e Villeneuve erano amici, ma forse Gilles che era un puro di carattere, talmente sincero fino a rasentare a volte l'ingenuità, probabilmente non conosceva a fondo Didier.
Sul podio di Imola, Villeneuve era una maschera.

Appena sceso dalla vettura, sbraitò in faccia al Ds Marco Piccinini:*"E adesso cercatevi un altro pilota!"*
Gilles nei giorni successivi al San Marino, si recò a Maranello e chiese udienza a Enzo Ferrari in persona.
Ferrari, pur comprendendo il suo malanimo per i fatti accaduti, gli rispose che in fondo aveva comunque vinto una Ferrari e non lo riteneva, come invece lo riteneva Villeneuve, un autentico tradimento.

I giorni successivi, sono assai cupi per Villeneuve, tradito a suo dire dal compagno e amico di scuderia e sminuito dal suo talent-scout, quell'Ingegner Ferrari, che prese questo sconosciuto campione di motoslitte e lo fece esordire, nientemeno che sulla Ferrari del neo iridato Niki Lauda.

Inoltre da qualche settimana, i rapporti con la moglie Joanna, sono tesi.

Sembra che Gilles dall'inizio del mondiale '82, abbia una relazione clandestina e Joanna venutane a conoscenza, chiede il divorzio. Durante il weekend del Gran Premio degli Stati Uniti a Long Beach, il suo avvocato gli presenta una bozza d'intenti, per la separazione. Gilles ci pensa su poi straccia la proposta dell'avvocato, chiude la relazione impropria e ha un forte riavvicinamento con Joanna, proprio poco prima della gara di Imola.

A Zolder, Gilles è da solo. E' abbastanza serio, ma apparentemente sereno, pronto a prendersi la rivincita sull'odiato compagno di scuderia. Sabato pomeriggio, voleva assolutamente qualificarsi davanti a Pironi e dimostrare di essere sempre il numero uno all'interno del team, ma nei giri precedenti aveva trovato del traffico e non fu molto fortunato. I suoi set di gomme da qualifica erano finiti, ma lui tentando l'impossibile, volle provare a fare un tempo anche con gomme usurate.

Alle 13,52 dopo il giro di lancio, il pilota della Ferrari numero ventisette, transita velocemente sul rettilineo dei box e sembra stia facendo il tempo. Poche centinaia di metri più avanti, viaggia la lenta e modesta March del tedesco Mass.

Gilles percorre rapidamente le curve e i rettilinei adiacenti il canale Albert e si avvia nel lungo rettilineo prima della chicane, ora denominata Kleine. Intravvede la sagoma della bianca March numero diciassette, percorre la chicane e si getta come una furia sulla salitella e poi sulla successiva discesa, per affrontare le curve Terlamenbocht, le curve del bosco.

"Cavolo, proprio adesso devi stare in mezzo ai piedi" – avrà pensato infastidito Gilles.
"Stai fermo lì, non ti muovere che ti passo a destra...fermo...fermo....NOO, sei impazzit!"....

Stumpf...

Un rumore sordo e Gilles vola via, forse non ha avuto nemmeno il tempo di imprecare.
La Ferrari del canadese che corre a 260 km/h, decolla, si impenna, compie almeno due tonneau e si pianta di muso sul terrapieno esterno della curva a pochi centimetri dal pubblico.
        La vettura priva di gran parte dell'avantreno, non ha ancora esaurito la sua velocità e viene rispedita sul prato dove continua a volteggiare in aria, disintegrandosi al contatto col terreno.
Durante l'ultimo tonneau, il pilota canadese viene catapultato fuori dall'abitacolo, con il sedile ancora attaccato alla schiena. Tale la violenza dell'impatto, che si stacca la paratia in honeycomb, che divide il serbatoio carburante dalla schiena del pilota.
Il distacco del pannello, comporta che volano via il

sedile, le cinture con tutti i suoi ancoraggi e il pilota stesso. Nella ripresa della tv belga, nella fase finale dell'incidente, si vede il corpo di Gilles che viene catapultato fuori dalla vettura e dopo un volo di cinquanta metri, a circa sei metri di altezza, il povero pilota piomba come un missile nelle reti, sfondando la prima e atterrando sulla rete più esterna, dove nell'impatto contro il paletto perde il casco.

Attimi... ed è tutto finito!

La scena è raccapricciante, il casco di Villeneuve rotola per alcuni metri al suo fianco.
Dopo un primo attimo di smarrimento, si mette in moto la macchina dei soccorsi.
Gilles Villeneuve sembra morto, non si muove e ha gli occhi sbarrati, addirittura ha le pupille rovesciate all'indietro. Rapidamente il suo viso diventa bluastro, segno che non respira.

I medici che hanno una postazione proprio in quel punto della pista, rapidissimi, lo mettono in trazione e cominciano un disperato massaggio cardiaco e la respirazione bocca a bocca. Nel frattempo accorrono i piloti. Un disorientato Mass, sceso subito dalla vettura, prova a muovere il braccio sinistro di Gilles.

Si ferma Derek Warwick, che dà una rapida occhiata e scappa via. Lo stesso fa Watson, mentre Renè Arnoux, prova a chinarsi per vedere di aiutare l'amico.

Poco dopo arriva Pironi, recupera il casco di Gilles, ma non si avvicina troppo al corpo inanimato del compagno di squadra.

Villeneuve viene caricato su di un auto medica e portato nel piccolo punto di soccorso del circuito, dove continuano il massaggio cardiaco.
Il relitto della Ferrari, viene coperto da teli neri e caricato sul carro attrezzi. Ci sono pezzi dappertutto.

Sembra che Gilles abbia perso entrambi gli stivaletti, che vengono ritrovati a duecento metri dal suo corpo mentre il volante è a 180 metri.
Ai box, vista la gravità delle sue condizioni, si decide di trasportarlo in elicottero all'ospedale S. Raphael di Lovanio (Leuven), dove ancora vivo, viene attaccato alle macchine e sottoposto ad una Tac dal Prof. Erman Delooz, che poco dopo spegne definitivamente qualsiasi speranza.

Gilles, nel tremendo impatto, ha subìto il distacco netto tra la prima e la seconda vertebra cervicale.

Viene dichiarato clinicamente morto. Se anche miracolosamente si salvasse, dice il luminare, resterebbe paralizzato dalla testa in giù in uno stato puramente vegetativo. Perizie tecniche dei giorni successivi, analizzano che Villeneuve abbia subìto una decelerazione pari a 27G e che probabilmente era già morto durante il primo impatto sul terrapieno, per un effetto ghigliottina.
Oppure più tragicamente, la violenta trazione delle cinture sul collo del pilota, quando si è staccata la paratia in honeycomb, hanno creato un trauma simile

ad un cappio al collo. Anche la perdita del casco per il colpo sul paletto, può avergli creato il fatale trauma. In ogni caso Gilles, non avrebbe avuto scampo vista la dinamica dell'incidente.

Christian Tortora, suo amico e giornalista franco-canadese dice: *"Io l'ho visto in ospedale, apparentemente sembrava non avesse nulla, ma guardandolo attentamente aveva il collo staccato di tanto così (indica una spanna), soprattutto lateralmente".*

Intanto il Ds Marco Piccinini, che è salito in elicottero al seguito del suo pilota ed è a Lovanio, incarica Jody Scheckter di avvisare dell'incidente la moglie Joanna.
Joanna non è in circuito (cosa rara), ma a Montecarlo, dove sta preparando la comunione della figlia Melanie.
Gilles, impegnato nel Gran Premio, al termine delle prove avrebbe fatto un'andata e ritorno da Zolder a Montecarlo con il suo elicottero, per essere partecipe alla cerimonia religiosa della figlia. Quella che doveva essere una festa in famiglia, diventa invece una tragedia.
Joanna, all'inizio non dà troppo peso alla cosa dicendo a Jody, che sicuramente sarà in buone mani in ospedale, ma Scheckter insiste:*"Joanna, c'est plus, plus grave. Vous devez partir immédiatement pour la belgique!"*

Con l'aiuto di Michel Boeri, a capo dell'Automobile Club del principato, viene allestito un volo privato per Bruxelles.

Joanna viene accompagnata da Pam la moglie di Jody, perché il sudafricano è reduce da un'operazione di ernia e non può muoversi.

La signora Villeneuve, arriva in ospedale a Leuven, intorno alle 19 e appena le riferiscono le condizioni del marito, esplode in tutta la sua angoscia.

Le praticano un'iniezione calmante.

All'ospedale si nota l'assenza quasi totale di esponenti della Formula 1. Al capezzale di Villeneuve non arriva nessun pilota (tranne Pironi che fa una rapida apparizione intorno alle 17), solo qualche giornalista, tra i quali Pino Allievi nota firma e inviato della Gazzetta dello Sport.

Allievi, intervistato da Mario Poltronieri durante il giro di ricognizione, prima della partenza del Gran Premio del Belgio di domenica, lamenta l'assoluta mancanza di sensibilità del mondo della Formula 1, che ha praticamente ignorato la perdita del suo maggior esponente.

Dieci anni dopo ospite della trasmissione *"Gilles Villeneuve, Campione o Mito?"* – condotta da Oscar Orefici e in onda sulle reti Mediaset, nel decennale dalla scomparsa del canadese, fece notare ancora come un personaggio così amato, fu lasciato praticamente solo. In pochi sentirono il bisogno di andare all'ospedale.

Probabilmente nessuno aveva il coraggio di apprendere, l'annuncio ormai imminente della sua morte. Si vociferò anche, che Gilles Villeneuve non godesse della stima della maggior parte dei suoi colleghi, anche perché le condotte di gara del canadese, innalzavano e di molto il rischio e costringevano anche gli altri ad alzare l'asticella. Gilles l'acrobata, catturava quasi tutta la stampa per sé, oscurando gli altri e la Ferrari stessa.

Altri malignamente pensavano che si era tolto di mezzo da solo, un avversario pericoloso e che contemporaneamente si era liberato un posto, da un milione di dollari a stagione in Ferrari.

Il canadese aveva nel circus pochi amici reali, Jody Sheckter, Patrick Tambay, Renè Arnoux, Bruno Giacomelli e lo stesso Jochen Mass, suo ex compagno di squadra in McLaren, per una sola gara nel 1977.

Con Jochen, disputarono da compagni in McLaren, il Gran Premio di Inghilterra a Silverstone, l'unico disputato dal franco-canadese a bordo di una vettura diversa dalla Ferrari e coincideva con il suo debutto in Formula uno.

Intanto in ospedale, su pressione del direttore sportivo Marco Piccinini, il dott. Sid Watkins si adopera per sentire altri pareri medici. Si tenta un consulto, con il migliore dei neurochirurghi e viene contattato il medico inglese dott. Gilles Bertrand, che purtroppo conferma la drammatica diagnosi del Prof. Delooz.

Gilles, continua ad essere attaccato alle macchine, il suo cervello non manda più impulsi al cuore, che comunque continua a battere per inerzia, anche se è un battito molto flebile.

Dopo aver lungamente parlato con i medici, Watkins e Delooz, Joanna dà il nulla osta per staccare le macchine che tenevano in vita il marito.

"Gilles Villeneuve, è morto alle 21,12 di oggi".

Questo è il comunicato di una sola riga, emesso dall'ospedale universitario Saint Raphael di Lovanio, la sera dell'8 maggio 1982.

"Come è potuto succedere?"

Mi trovo esattamente sul punto del contatto, tra la ruota anteriore sinistra di Gilles, con la ruota posteriore destra della vettura di Mass. Ci sono sull'asfalto due segni di pneumatico che vanno fuori pista, ma ovviamente sono recenti.
La scena è maledettamente identica a quel lontano '82; è vero le vie di fuga sono più ampie, al posto dei guard-rail ci sono i muretti e le reti di recinzione, ma il tempo sembra essersi fermato in questo posto, tutto è identico a quanto visto nei filmati in tv.
Rivolgo lo sguardo alla mia sinistra, nel tratto di pista che scende dal ponte, poi dirigo lo sguardo laggiù verso la chicane e la stele di Gilles.

E' un bel pezzo di strada.

Se penso che l'incidente di Gilles tra il decollo della vettura e l'atterraggio è durato appena 4 secondi, immagino che razza di incidente possa aver vissuto chi era presente l'8 maggio '82 qui sul posto, dopo che è decollata un'auto da corsa che viaggiava a duecentosessanta all'ora. Già le stesse immagini della televisione fanno rabbrividire, ma credo che chi avesse assistito alla scena sia rimasto letteralmente scioccato.
Penso sicuramente al rumore anomalo del motore e al fracasso da rotolamento della vettura, con lo sconquasso della stessa nei vari urti.

59

Credo che un incidente del genere non sia avvenuto in silenzio e immagino i sibili nell'aria, quando la Ferrari compiva i vari tonneau.

C'era tanta gente sul terrapieno e nel bosco e mi sono sempre chiesto, se è possibile che in quarant'anni non sia mai uscito uno straccio di immagine o filmato diverse dalle riprese della tv belga, che ahimè conosciamo tutti e che ci priva del contatto sul terrapieno e di parte della carambola. In realtà ci fu qualcuno che riprese sul posto, però i solerti gendarmi presenti in circuito, sequestrarono le apparecchiature a questi appassionati e quindi di una controprova video non si seppe mai nulla.

Cronache del tempo narrano, che quando fu esposta la bandiera nera e si diffuse la notizia che c'era stato un grave incidente ad una Ferrari e che si trattava della Ferrari di Villeneuve, ci fu un tale assembramento di gente sul posto, con persone che tentavano di scavalcare i recinti e accedere in pista, nonchè nugoli di fotografi che accorrevano all'impazzata per immortalare la scena.

Alcuni tifosi, posizionati nel recinto di fronte al relitto della Ferrari, chiedevano in continuazione se Gilles fosse morto o quali fossero le sue condizioni. I marshall e i gendarmi ebbero un lavoro non semplice da sbrigare.
Sul canale Youtube con le tecnologie moderne, ci sono un paio di account, che hanno provato a ricostruire l'intero incidente con animazioni 3D che sembrano molto veritiere.

Ma io voglio capire ancora meglio, quindi risalgo la curva Butte, mi posiziono sul prato all'esterno a pochi metri dalla piccola Cappella che si erige sul bosco sovrastante; la curva è bellissima e agghiacciante al tempo stesso.

La vedi che scompare all'orizzonte sulla collina e poi ne segui la sua linea perfetta, in discesa, fino al rettilineo dove Gilles urtò la lenta auto del tedesco della March.

C'è un fatto però che emerge dai ricordi quando sei sul posto – Gilles la curva l'aveva fatta.

Era sceso dalla collina come una furia e quando ha visto Jochen Mass in mezzo, ha pensato di superarlo dove vedeva la strada libera, cioè alla sua destra. La tragedia si scatena quando Mass all'ultimo secondo si è spostato anche lui nel medesimo punto di asfalto, con la convinzione di agevolare il piccolo canadese, ma purtroppo Gilles gli era già nelle ruote.

La differenza di velocità tra le vetture, è stata la vera causa del disastro.

A vederla da lì, ti accorgi che Gilles Villeneuve è morto nell'incidente più stupido che gli potesse capitare, ma non ci poteva far nulla, perché se vai a quella velocità e un'auto più lenta di almeno 100 km/h ti cambia traiettoria quando gli sei ormai di fianco, sei semplicemente fottuto.

Gilles è morto per un tragico malinteso. Punto.

Un'assurda concatenazione di errori di pilotaggio, in una frazione di secondo.

"Questa Formula 1 è diventata dannatamente difficile, le gomme da qualifica durano solo un giro. Qui a Zolder, la pista è corta e veloce, ma con trenta vettura tutte insieme in qualifica diventa veramente pericoloso.
Se ti trovi un'auto in mezzo ai piedi alla curva del bosco, puoi solo farti il segno della croce!"
Queste sono le parole di Gilles, in un'intervista del venerdi dopo le prove. Presentimento?

Recentemente in una puntata di Belga Sport scovata su Youtube, ho visto uno speciale dedicato proprio a Gilles.
E' in lingua inglese, con sottotitoli tv in olandese e possibilità di attivare la traduzione in lingua francese.
Vengono intervistati, la moglie Joanna, Jody Scheckter, Patrick Tambay, Renè Arnoux, Jochen Mass, Christian Tortora, Roland Bruynserade *(il direttore di corsa di quel Gran Premio nell'82)* e il Prof. Erman Delooz, il medico dell'ospedale Saint Raphael di Lovanio, colui a cui toccò sentenziare l'infausta diagnosi.

E' un documentario molto commovente.

Patrick Tambay con gli occhi lucidi, dice candidamente che da quel giorno odia Zolder e che cerca di starne alla larga il più possibile.
Una volta dovette presenziare come manager del figlio Adrien, perché avevano una gara di Formula Bmw e dice che è stato:*"Tres, tres dur...tres, tres dur!"* – (molto, molto difficile!)

Si è sentito sollevato, solo dopo che era finito il week-end di gare.
Renè Arnoux, non è da meno. Visibile il suo dolore a distanza di anni. Il pilota di Grenoble, asserisce che Jochen Mass abbia commesso un errore di valutazione e quando se ne è reso conto era troppo tardi, Gilles gli era già addosso.

"Mi dispiace molto dirlo, ma abbiamo perso uno straordinario campione e un amico, per l'incidente più stupido che possa accadere.
Ne peux pas...ne peux pas!" – (non è possibile, non è possibile!)

Il pilota della Renault Turbo quel sabato, era pochi secondi dietro Gilles ed è stato uno dei primi a fermarsi, ad accorrere in soccorso del pilota canadese, che giaceva disteso contro la rete.
"L'ambulanza arrivò subito, ma mi resi conto che non c'era più nulla da fare. Tornai ai box e dissi, è finita!"

"Una cosa del genere però, ti penetra rapidamente" – ...e si commuove.

-Jochen Mass-

Mi sono sempre chiesto che vita possa aver vissuto Jochen Mass, dopo il dramma dell'incidente.
In tutti gli speciali e documentari andati in onda nel corso degli anni in cui veniva intervistato, il buon Jochen appare, distrutto, affranto, costernato.

Il suo racconto: *"Stavo percorrendo un dosso, avevo appena terminato il mio ultimo giro di qualifica, avevo le gomme usurate e andavo molto piano, non potevo fare altrimenti. L'ho visto arrivare velocissimo negli specchietti. Forse avrei dovuto fargli un cenno di passare a sinistra, ma non l'ho fatto.*

Mi sono spostato a destra e ci siamo toccati.

E' volato sopra la mia testa, cinquanta metri più avanti ed è stato catapultato con tutto il seggiolino contro le reti di protezione."

"I was terrible!" – è stato terribile!

"Sono sceso subito, lui era disteso contro la rete; aveva ancora la balaclava, ma aveva perso il casco. Si capiva subito che non c'era più nulla da fare. Ho visto i suoi occhi spalancati...è stato terribile".

"Riflessioni serali"

Percorriamo al contrario la Butte, per ritornare in direzione gara da Lucia; risaliamo la collina e sotto il ponte facciamo una sosta sfruttando l'ombra dello stesso. Fa caldissimo, sono le ore 16 di un pomeriggio meteorologicamente e non solo, bellissimo. Mi guardo ancora attorno incredulo; sono a Zolder, sto calpestando il nastro d'asfalto su cui hanno corso e vinto, fior di campioni di Formula uno.

Annuso ancora l'aria, per riempire i miei polmoni di questa bellissima e struggente esperienza, prima di rientrare ai box.

Dal ponte sulla collinetta, c'è una vista magnifica della valle dove ci sono la chicane e il paddock. Michela inizia a correre lungo la discesa e la percorre tutta d'un fiato, fin sul cordolo esterno della chicane; le sembra di volare come una libellula.

Rientriamo negli uffici di Lucia Gallucci, ci attacchiamo ancora al dispenser dell'acqua e continuiamo la nostra piacevole chiacchierata. Ricevo in dono un bel volume illustrato, che racconta i 50 anni del circuito di Zolder e la sua storia.

L'ho apprezzato tantissimo. E' un'opera unica che non tutti hanno la fortuna di avere; l'ho già letto due volte e lo custodisco gelosamente in una vetrina di cristallo, dove ho allestito un piccolo museo di oggetti dedicati a Gilles.

La sera, coricato nel letto e nel tranquillo sciacquettìo del canale Albert al Bo-Ness, ripercorro nella mia mente un po' di storia dei Gran Premi disputati a Zolder.

Non solo le gesta di Gilles e la sua tragedia, ma da pochi giorni è scomparso il *"grande"* Niki Lauda che qui vinse nel 1975 e nel '76 a bordo della Ferrari.

Qui gareggiarono Ronnie Peterson, James Hunt, Clay Regazzoni e Jacky Ickx, il pilota belga al quale è intitolata l'ultima chicane, che immette sul traguardo. Calcarono l'asfalto i piloti tedeschi Jochen Mass, Manfred Winckelock e Hans Stuck, gli italiani Brambilla, De Angelis, Patrese, Merzario, Giacomelli e De Cesaris.

I francesi Arnoux, Prost, Depailler, Jarier, Laffite, Tambay e Jabouille. Gli inglesi Hunt, Watson, il "Leone" Nigel Mansell, Warwick, Henton e Daly, poi ancora Jody Scheckter, Carlos Reutemann e Nelson Piquet.

Sicuramente dimentico qualcuno ma vado a memoria, non sto seguendo alcuna letteratura in questo momento. Singolare la storia del campione brasiliano Emerson Fittipaldi, che trionfò per due volte nel Gran Premio del Belgio, ma nel '72 e nel '74 quando si correva a Nivelles e non si affermò mai a Zolder.

Lo scozzese Jackie Stewart si aggiudicò la prima edizione qui all'Omloop Terlamen nel 1973, su una fantastica auto di Ken Tyrrell. Qui ha vinto anche Mario Andretti nel 1978, con la Lotus 79 del "genio" Colin Chapman.

Gilles proprio in quel Gran Premio del Belgio, marcò i suoi primi punti mondiali giungendo quarto.

L'anno precedente il '77 si impose sempre la Lotus, timbrando la vittoria con lo svedese Gunnar Nilsson, sfortunato pilota vinto dal male in pochi mesi. La Ferrari torna a trionfare nell'edizione 1979, con l'affermazione del sudafricano Jody Scheckter, che sarà campione del mondo a fine stagione.

In quel '79 Villeneuve, entrò in collisione dopo pochi chilometri, con la Williams di Clay Regazzoni alla chicane Kleine e si prodigò in una fantastica rimonta da ultimo fino al podio, per poi vedere sfumare il piazzamento all'ultimo giro per mancanza di benzina.

L'edizione '80 vide la prima vittoria di Didier Pironi su Ligier.

Funesta quella dell'81, con Reutemann, che si trova a falciare un giovane meccanico di Osella, Giovanni Amadeo, che scivola dall'angusto muretto dei box e finisce investito dall'incolpevole pilota argentino.

L'indomani sulla griglia di partenza viene indetta una protesta dai piloti, per solidarietà verso le difficili condizioni di lavoro dei meccanici ai box e in ricordo del meccanico ucciso il sabato.

Uno alla volta, i piloti scendono dalle vetture cinque minuti prima del via, per rimarcare la necessità di avere spazi più ampi, in box sempre più affollati. La gara parte nel caos più totale, perché alcune vetture sono ferme in griglia senza piloti a bordo, altre sono già pronte per lo start. C'è chi compie il giro di ricognizione all'ultimo secondo, mentre altri hanno l'acqua in ebollizione.

Riccardo Patrese si sbraccia, ha spento il motore; il suo capomeccanico Dave Luckett, si precipita in pista per riavviarlo ma in quel preciso istante Derek Ongaro, direttore di corsa spegne il semaforo.

Siegfried Sthor, compagno di Patrese alla Arrows, tampona la vettura gemella e per poco non uccide Luckett, falciandolo a terra e procurandogli fratture multiple alle gambe e una commozione cerebrale.

In questo caos, con i rottami e l'ambulanza in pista, al secondo giro Pironi (che da quest'anno è a capo della GPDA), alza il braccio e chiede lo stop a tutti i concorrenti che si fermano in prossimità del traguardo, per permettere il soccorso allo sfortunato meccanico della Arrows.

Alla ripartenza della gara Carlos Reutemann, si impone con la Williams, sfruttando il ritiro per incidente del compagno di scuderia e campione in carica, l'australiano Alan Jones, che esce largo alla curva Lucien Bianchi e trovando sporco all'esterno della pista, non riesce a tenere la sua Williams che va per la tangente contro le gomme.

Il Gran Premio del 1982, che si corse domenica 9 maggio a poche ore dalla morte di Gilles Villeneuve, vide il trionfo di John Watson su McLaren Ford, che sopravanza Keke Rosberg su Williams solo all'ultimo giro, sfruttando un "lungo" di quest'ultimo.

Nel 1984, nell'ultima edizione disputata su questo circuito, si affermò Michele Alboreto che condusse la sua Ferrari 126 C4 numero 27, al trionfo. Scorrendo l'elenco dei vincitori e di altri driver che hanno corso in Belgio, mi rendo conto che in molti sono già morti. Purtroppo Peterson, Depailler, Regazzoni, Nilsson, Lauda, Hunt, Villeneuve, Pironi, Winckelock, De Cesaris, De Angelis e Alboreto, non ci sono più.

Mezza griglia di partenza è stata annientata in pochi anni.

La maggior parte di loro periti in pista, altri scomparsi per malattia a 70 anni come Niki Lauda questa estate, o James Hunt, morto a 46 anni per infarto, o Andrea De Cesaris che rimase ucciso a 55 anni in moto percorrendo il Grande raccordo anulare di Roma. Penso anche al compianto Clay Regazzoni, deceduto a 67 anni in autostrada mentre viaggiava in territorio emiliano, a causa di un malore o di un colpo di sonno.
Il Gran Premio del Belgio, che fin dagli anni trenta si era disputato sempre sul circuito di Spa-Francorchamps, ottanta chilometri più a sud in Vallonia, ritornò nel 1985 definitivamente su quel circuito bellissimo, considerato l'università delle corse automobilistiche.
L' Omloop Terlamen di Zolder ospitò in tutto dieci edizioni dal 1973 al 1984, poi non venne più dichiarato idoneo visto le crescenti prestazioni delle moderne monoposto.

Ma il circuito di Zolder, è vivo, anzi vivissimo.

L'entourage organizzativo è di primo livello e il circuito è sempre interessantissimo. Qui si corrono gare del campionato DTM, con in calendario le gare il 24/26 aprile 2020, il campionato Endurance Belcar, il FIA ETRC Belgian Truck Gran Prix, un fantastico evento con le gare dei camion, il Zolder Superprix e tanti, tantissimi eventi dedicati alle due ruote.

Da sempre Zolder ha offerto al ciclismo, uno spazio fondamentale. All'interno di Terlamenbocht, c'è un circuito dove si corrono i mondiali UCI di Bmx, ma Zolder, non è solo ricordo e cronaca nera per i fatti di Gilles Villeneuve, ma è anche gioia e trionfo per il mondiale di ciclismo, vinto da Mario Cipollini il 13 ottobre del 2002.
Già nel lontano 1969, qui sul circuito si disputò il mondiale di ciclismo su strada, con l'affermazione dell'olandese Harm Ottenbros.
Numerose le giornate a tema dedicate a ciclisti e cicloturisti, che possono percorrere liberamente il tracciato.

Mentre sto scrivendo questo capitolo, mi giunge una mail di saluti da Lucia, che mi dice che tre settimane fa nel weekend del 4/5 ottobre 2019, nella Finale European Nascar ha corso per la prima volta a Zolder, Jacques Villeneuve il popolare figlio di Gilles, Campione del Mondo di Formula 1 nel 1997 con la Williams-Renault e ancor prima vincitore sia del campionato Cart, sia della 500 miglia di Indianapolis nel 1995, a bordo di una Reynard.

Lucia mi scrive che è stato un evento bellissimo ed è stato veramente emozionante, vedere gareggiare Jacques, sulla pista in cui ha perso la vita il suo papà quando lui era ancora un bambino.

Oggi Jacques, corre anche nel campionato italiano turismo Gt3, a bordo di una Ferrari 488 del team Baldini, insieme a Stefano Gai e Giancarlo Fisichella ed è un ottimo commentatore per Sky Sport Italia e Canal Plus. Le sue opinioni mai scontate e dirette, dette senza peli sulla lingua, sono una prerogativa di Jacques.

"Chi era Gilles Villeneuve"

Nato a Chambly o Saint Jean sur Richelieu nel Quebec in Canada, il 18 gennaio del 1950, Joseph Gilles Henry Villeneuve figlio di Seville e Georgette Coupal, da subito si dimostra un ragazzino vivace e mostra una passione innata, per tutti i mezzi spinti da un motore.

Da ragazzo Gilles, aiuta spesso i genitori e gli zii che hanno una fabbrica dove producono trattori. Non si sa come, Gilles ogni tanto, riesce a prendere le chiavi e si mette alla guida dei mezzi agricoli finendo a volte inclinato in qualche fosso. Un piccolo scavezzacollo, insomma. Gli zii chiudono un occhio, ben sapendo della passione del loro nipote. Gilles ha anche un fratello, Jacques di due anni più giovane. I Villeneuve hanno in casa un garage-officina dove Gilles e Jacques, nel frattempo diventati adolescenti ed entrambi appassionati di motori, passano il loro tempo a smontare e rimontare qualsiasi mezzo meccanico.

In Canada l'Hockey su ghiaccio la fa da padrone, ma sono molto diffuse le gare di motoslitte e i fratelli Villeneuve dapprima partecipano ad alcune gare, poi a interi campionati internazionali, dove Gilles si afferma e diventa addirittura campione del mondo. Il suo carattere fatto di coraggio e temerarietà e vista la spericolatezza mostrata anni dopo in Formula 1, probabilmente è stato forgiato proprio negli anni delle motoslitte, in quanto si trattava di far correre dei bolidi, per metà simili ad una motocicletta, a velocità elevatissime su circuiti pavimentati da neve e ghiaccio.

Nella maggior parte dei casi, chi corre nelle motoslitte in mezzo al gruppo, ha una visibilità pessima a causa degli schizzi di neve, che in ogni momento ti annebbiano la visiera del casco. Questa scuola sarà fondamentale, perché Gilles nelle auto da corsa, al contrario di altri piloti che hanno costruito la loro carriera nelle formule propedeutiche tradizionali, si rivela un autentico castigamatti specialmente nelle gare sotto la pioggia, dove dimostra un coraggio fuori dal comune.

Un aneddoto – a fine '79 a Watkins Glen, con il titolo ormai assegnato a favore di Jody Scheckter, si disputano le prove del venerdì sotto un violento acquazzone. Gilles compie dei giri come fosse sull'asciutto e rifilerà un distacco di 11,5 secondi, al pilota cronometrato in seconda posizione, che è lo stesso Scheckter. Il sudafricano non crede ai suoi occhi, i meccanici neppure; si pensa ad un errore cronometrico, invece è tutto vero. Come abbia fatto il franco-canadese ad andare così veloce solo lui lo sa.

Tornando agli inizi degli anni '70, Gilles inizia a frequentare una dolcissima ragazza, Joanna Barthe che abita in un paese vicino a Berthierville, dove i Villeneuve hanno casa. Gilles, che nel frattempo ha preso la patente, percorre quei dieci chilometri che lo separano dalla casa dove vive Joanna, a manetta, alla massima velocità possibile.

Dopo pochi anni di frequentazione, Joanna e Gilles diventano moglie e marito e il 17 ottobre del 1970, convolano giovanissimi a nozze. Joanna è già incinta e pochi mesi dopo, il 9 aprile del 1971 arriverà Jacques, due anni dopo nascerà la splendida Melanie.

Villeneuve con i campionati vinti nelle motoslitte, racimola delle somme ragguardevoli e decide di aprirsi una strada, dapprima in Formula Ford, supportato dalla Skyroule e successivamente in Formula Atlantic, che è l'equivalente europeo della nostra Formula 2. Per partecipare a questi campionati però non bastano sponsor e denari personali, quindi Gilles decide di vendere la sua casa e va a vivere in un motorhome con tutta la famiglia. Scelta discutibile per un padre di famiglia con due figli piccoli, ma tant'è.

Joanna era accondiscendente anche se non amava le corse. Gilles da parte sua, non accettava intromissioni nella sua vita professionale, piuttosto era Joanna che doveva adattarsi alle sue scelte. Per capire il paradosso della vita dei coniugi Villeneuve, una sera d'inverno Jacques sta male, ha la febbre. Joanna cerca di armeggiare nel piccolo cucinino, per provare a fare una tisana al figlio. Si sveglia Gilles: *"Cosa c'è amore, non esce l'acqua? Ci penso io!"*

Si mise addosso una semplice canottiera e uscì all'esterno con la fiamma ossidrica, a scongelare il tubo dell'acqua che si era ghiacciato durante la notte.

Alcune difficoltà logistiche, ma la possibilità di avere in ogni istante la famiglia al seguito, soprattutto nei weekend di gara, non ha eguali.

Questo stile di vita Gilles, lo adottò anche nei primi tre anni da pilota Ferrari. Nelle gare europee il ferrarista si muoveva sempre con il caravan e viveva praticamente ai box.

Era un ragazzo adorabile e stava con i meccanici fino a tarda sera.

Gli stessi meccanici Ferrari si affezionarono molto a Gilles e alla sua famiglia, erano un tutt'uno. Joanna stessa, non lesinava delle ottime torte cucinate da lei, per tutto il gruppo di lavoro.

Quando arrivò il successo e i guadagni furono più cospicui, Gilles con l'aiuto del suo compagno di scuderia Jody Scheckter, decise di acquistare uno splendido villino e di stabilirsi a Montecarlo.

Nel Principato di Monaco, a Rue de Giroflex, c'era la sua dimora. Jacques e Melanie, poterono frequentare regolarmente una scuola di lingua francese.

Nel 1976, anno in cui Villeneuve esplode in Formula Atlantic, Gilles vive ancora in Canada e in quel campionato vinse ben nove gare su dieci in calendario. Il suo nome comincia a girare in Europa, negli ambienti della Formula 1.

Ogni anno a Trois Rivieres, si disputa una gara di Formula Atlantic, nella quale vengono invitati, numerosi piloti europei della massima formula.

Tra questi James Hunt, che si laurerà a fine stagione campione del mondo, su McLaren Ford M23, Alan Jones, Vittorio Brambilla, Bobby Rahal e Patrick

Tambay, promettente pilota francese, già in orbita
Ferrari. Gilles Villeneuve, al volante di una March
76B della scuderia Ecurie Canada, parte in sordina
ma poi si scatena e ottiene una strepitosa pole
position.

James Hunt, nel congratularsi con lui, gli dice:
*"Ragazzo, stai lontano dall'Europa, sennò restiamo
tutti disoccupati!"*
Gilles vinse la gara, infliggendo un distacco di dieci
secondi ad Alan Jones e ben sedici rifilati a James
Hunt. Un trionfo assoluto.

-Stagione 1977-

Lo stesso Hunt, rientrato in Europa, riferì a Teddy
Mayer, patron della McLaren, le gesta del
canadese:*"Dagli una chance Teddy, non te ne
pentirai".*
Villeneuve viene convocato in Gran Bretagna e il
buon Mayer, gli fa sottoscrivere un contratto per
cinque gare, da disputarsi con una vecchia McLaren
M23, comunque iridata l'anno precedente. Il debutto
sul velocissimo circuito di Silverstone, avviene però
solo nel luglio del '77, nel Gran Premio di Inghilterra
di quell'anno.
Il canadese diventa così compagno di scuderia di
James Hunt e Jochen Mass.
Gilles nei due giorni di prove va spesso in testacoda,
ma riesce comunque a trovare i limiti della vettura; il
sabato nelle prove cronometrate, stacca un eccellente
settimo tempo in griglia, lasciando di sasso gli addetti
ai lavori.

Il giorno del Gran Premio, parte molto bene e si piazza nei primi giri in quinta posizione, davanti al compagno Mass. Prima di metà gara, ha noie meccaniche e deve rientrare ai box, poi in rimonta riesce a concludere undicesimo. Lui è amareggiato, ma non sa di essere finito nei taccuini della Ferrari.

A Maranello viene informato Enzo Ferrari, che questo giovanotto dalle origini singolari, un campione di motoslitte, ha stoffa, talento e tanto coraggio. Ferrari dal canto suo, è ai ferri corti con Lauda. Il campionissimo austriaco, prossimo a laurearsi per la seconda volta campione del mondo, è intenzionato a lasciare il team di Maranello per andare alla corte della Brabham-Alfa, sponsorizzata Parmalat.

Come da tradizione, durante il weekend del Gran Premio d'Italia a Monza, vengono resi noti i nomi dei piloti del Cavallino per l'anno venturo; ma Lauda spiazza la Ferrari, annunciando alla stampa che lascerà la scuderia. A Monza viene riconfermato il solo Reutemann e sul nome del sostituto di Lauda, silenzio assoluto.

Qualche giorno prima dell'annuncio "bomba" alla stampa, l'austriaco e Ferrari si erano incontrati nell'ufficio del Commendatore a Maranello; i rapporti sono freddi, ma Ferrari si complimenta con Niki per l'ottimo mondiale che sta disputando (è imminente la conquista del titolo) e gli offre un lauto rinnovo di contratto.

Lauda dice di non voler restare: *"Non se ne fa nulla!"* – rispondendo al suo capo.

Niki se l'è legata al dito, quando l'anno precedente, siamo al 1 agosto 1976, nelle ore successive al suo drammatico incidente al Nurburgring, Ferrari diede ordine di assumere immediatamente Carlos Reutemann, dopo aver inutilmente tentato di avere Peterson e Fittipaldi.

"Fui sostituito, mentre ero ancora in pericolo di vita!" – la risposta piccata di Lauda, che non digerì mai l'affronto subito e volle farla pagare cara a Ferrari. Il fondatore della casa di Maranello, come è noto non si è mai voluto legare a nessuno dei suoi piloti, per lui era importante che vincesse la Ferrari indipendentemente da chi ci fosse alla guida.

Il Commendatore tentò di far desistere Lauda, offrendo qualche garanzia in più, ma l'austriaco lo gelò:*"Voglio andare in Inghilterra"* – ribattè.

Il Grande Vecchio in quel frangente, diventò una sfinge:*"Allora buona fortuna, puoi uscire da quella porta!"*

Venti giorni dopo a Watkins Glen, con tre gare di anticipo, Niki Lauda si laurea Campione del mondo.
	Intanto in Italia, si vocifera di trattative in corso con Andretti, Peterson e Jones per guidare la seconda Ferrari, ma il Commendatore sta valutando anche alcuni giovani. Chiese notizie di questo Villeneuve a Chris Amon, che a sua volta ne aveva parlato in maniera entusiasta a Walter Wolf, il miliardario austriaco che ha fatto fortuna in Canada e che è

titolare dell'omonima scuderia e si appresta ad entrare in Formula 1, con il proprio Team. Wolf, aveva offerto a Villeneuve una vettura per disputare alcune gare della serie Can-Am.

Viene sondato Mario Andretti, che arriva a Maranello, ma si ottiene un nulla di fatto. Non viene trovato alcun accordo. Sembra che Ferrari sia anche rimasto infastidito, dall'approccio troppo da superstar di Andretti che arrivò con una fuoriserie, indossando gioielli e una pelliccia. A Ferrari tutto questo parve eccessivo.

Il 22 settembre del '77 alcuni notano all'ingresso dei cancelli di Fiorano, una vettura sobria, di colore chiaro. A bordo un tale Gilles Villeneuve venuto dal Canada, che pochi giorni prima aveva avuto un colloquio a Montreal con Daniele Audetto, all'epoca supervisore per la Fiat e la Ferrari di tutte le attività motoristiche. Il piccolo canadese, piacque molto a Ferrari.

I due dialogarono in francese, lingua che Ferrari conosceva bene. Gilles si presentò umile e determinato e in poche ore trovarono un accordo per correre le ultime due gare della stagione, a Mosport in Canada e il Gran Premio del Giappone al Fuji. Fu proprio in questo frangente che Gilles, inventò la furbata dell'età. Secondo lui arrivare in Formula 1 a ventisette anni, poteva essere un intoppo perché alla sua età c'erano piloti già affermati.

A chiunque glielo chiedesse, Gilles diceva che aveva 25 anni, due in meno della realtà. Il suo corpicino minuto (era alto 1,56) e la faccia da eterno fanciullo lo aiutarono in questo.

Vengono inviate a Mosport tre vetture; Villeneuve farà da subito, il suo debutto sul *"muletto"* destinato a Lauda, che sarà regolarmente al via con la sua vettura, insieme al compagno Carlos Reutemann.

Ma arrivati in Canada, girano strane voci sulla frattura insanabile tra la Ferrari e Lauda.

Il buon Nicholaus, invia segnali di rottura definitiva con Ferrari e decide di risolvere immediatamente il suo contratto. Prende un aereo e se ne va negli Stati Uniti.

Non correrà.

Gilles Villeneuve, quindi eredita da Lauda la Ferrari T2, fresca di titolo mondiale e si trova subito catapultato in una situazione più grande di lui.

La pressione mediatica è enorme; sostituire da subito il neo Campione del mondo con un "pivellino" è roba per fegati forti.

Le prove sono un tormento per Gilles, la gara ancora peggio. Si gira molte volte in prova e si gira anche in gara. Nel ripartire in modo brusco, rompe un semiasse e si deve ritirare. Ai più sembra una mossa avventata di Ferrari, cioè quella di sostituire un campione del mondo, con un ragazzo completamente digiuno di Formula 1, che ha nel palmares un paio di campionati di motoslitte e uno di Formula Atlantic.

Gilles ha un carattere forte, le prime critiche gli scivolano via, non lo intaccano neppure un pò.

Ai giornalisti che lo assillano, risponde: *"Datemi almeno il tempo di imparare"*.

Nella pausa tra i due gran premi, Gilles approfitta di alcuni giorni di vacanza e va a pescare salmoni con la famiglia. L'appuntamento è in Giappone, alle pendici del monte Fuji. L'anno precedente su quel circuito, il *"gran rifiuto"* di Lauda, che sotto l'acquazzone al secondo giro pone fine alle ostilità, ritenendo quelle condizioni troppo pericolose. Rientrò ai box e rinunciò alla lotta mondiale, che si decise a favore di James Hunt, che vinse il titolo per un solo punto.
Un anno dopo, sulla Ferrari si affaccia questo giovane franco-canadese, tutto da scoprire.

Il weekend non parte per nulla bene e le prove sono un autentico disastro.
Gilles qualifica la sua Ferrari in ventesima posizione, preceduto anche da Noritake Takahara, a bordo di una Kojima-Ford. Una fila più avanti c'è schierato Ronnie Peterson, con la "famosa" Tyrrell a sei ruote.

-Fuji, Domenica 23 ottobre 1977-

Partenza del gran premio regolare, in una bella cornice di pubblico, illuminata dal sole. All'inizio del sesto giro, al termine del lunghissimo rettilineo del traguardo, c'è una curva a destra. Sono in lotta Peterson e Villeneuve per la quattordicesima posizione. Lo svedese frena regolarmente per impostare la virata, il canadese no. La Ferrari decolla sulle ruote posteriori della Tyrrell e vola via. Rotola di muso e di coda, di muso e di coda, poi sparisce.

La telecamera dall'elicottero inquadra un moncone di vettura senza ruote, fumante, il pilota non è all'interno. Ma il pilota è illeso e si è già allontanato dal luogo del sinistro.

Purtroppo ci sono morti tra gli spettatori, due morti.
E la telecamera li inquadra bene, molto bene.
La Ferrari di un campione data in mano ad uno sconosciuto, diventa oggetto di morte.

Apriti cielo.

La stampa di tutto il mondo parla dell'incidente, le foto inequivocabili ritraggono Villeneuve in volo, con il muso a terra, con il muso in aria, piroette in tutte le salse. Le autorità giapponesi sono costrette a trattenere Villeneuve, per ascoltare dalla sua voce la dinamica dell'accaduto.
Gilles dopo alcune ore verrà prosciolto, perché in quel punto del circuito stazionavano decine di spettatori, senza averne diritto.
Erano in tantissimi in una zona vietata al pubblico; una delle due vittime fu un commissario di percorso che stava tentando di far spostare tutta quella gente, l'altra vittima un fotografo.
In quell'occasione Jochen Mass, andò a testimoniare alla Polizia, riferendo che quello tra Gilles e Ronnie, fu un normale incidente di gara (Jochen in quel momento era dietro ai due) e che poteva succedere a chiunque. Gilles apprezzò molto e ringraziò Jochen per questo.

Intanto in Italia, la stampa iniziò a massacrare letteralmente Enzo Ferrari. La condanna al Drake si era sollevata sul concetto, che pur di far valere il proprio ego e i propri interessi di costruttore e mettere il nome Ferrari davanti a tutto, non esitava a mandare in trincea, un giovane senza esperienza con lo scopo di far rimpiangere Lauda.

Forse per far tacere queste critiche, Ferrari mandò alla stampa un'immagine dove erano stati fotografati i resti della Ferrari di Villeneuve, con la carrozzeria bene in vista dove c'era scritto GILLES, il tutto distribuito su di un telo steso in una piazzola. Questo era in parte un richiamo al pilota canadese, neanche troppo velato.

Ma le polemiche non finirono presto.

Sembrò di ritornare alla fine degli anni '50 quando tra il 1956 e il 1958, persero la vita a bordo delle sue monoposto Alberto Ascari, Eugenio Castellotti (all'epoca fidanzato della star della tv, Delia Scala), il marchese Alfonso De Portago, Luigi Musso e Peter Collins.
In quegli anni tuonò perfino la curia, con l'Osservatore Romano che titolava: *"Ferrari, un Saturno ammodernato che uccide i suoi figli"*.

-Stagione 1978-

Figurarsi quando a sorpresa, il 15 gennaio 1978 in Argentina all'inizio del campionato del mondo della nuova stagione, Ferrari tornò a schierare di nuovo Villeneuve.

Il canadese trascorse tutto l'inverno precedente, facendo numerosi test per prendere confidenza con la vettura. Nei primi due gran premi di Argentina e Brasile entrambi i piloti ferraristi (accanto a Gilles, c'era il riconfermato Reutemann), avevano in dotazione ancora le Ferrari T2, dell'anno precedente. Il canadese sembra un altro pilota, finalmente padrone della non facile vettura.

Spesso è anche più veloce del compagno di squadra. Queste buone impressioni però, saranno velocemente smentite.
Dopo una buona apparizione in Argentina, nel successivo Gran Premio del Brasile sul nuovo circuito di Jacarepagua alle porte di Rio De Janeiro, Gilles partito in buona posizione si trova di nuovo coinvolto in un incidente contro Ronnie Peterson, nel frattempo passato alla Lotus.
Lo svedese stavolta è furibondo e lo affronta ai box: *"E' mai possibile, che ogni volta che mi incontri in pista, mi vieni addosso e mi rovini la gara?"*

Anche se nella realtà dei fatti, il contatto non è del tutto attribuibile a Villeneuve, ma piuttosto in un concorso di colpe del buon Ronnie, lo svedese continua ad andare giù duro nel denigrare il canadese, soprattutto con i giornalisti italiani. Sono gli stessi addetti della carta stampata che consigliano a Ronnie di darsi una calmata, che sta esagerando.
Probabilmente Peterson ha ancora il dente avvelenato con Ferrari e non si capacita come mai il Commendatore non abbia scelto lui come guida, ma si è affidato a suo dire a questo maldestro giovanotto.

Dopo un ritiro in Sudafrica a Kyalami, la Formula 1 fa tappa negli Stati Uniti Ovest, a Long Beach ed è qui che finalmente esplode Villeneuve. Con la nuovissima Ferrari T3, si trova finalmente a suo agio tra i muretti della cittadina californiana e stampa il miglior tempo nelle prove cronometrate, valevoli per la griglia di partenza del gran premio.

Purtroppo per un problema tecnico alle rilevazioni cronometriche della Longines, la pole position non gli viene assegnata, ma va all'altra Ferrari di Carlos Reutemann.
E' comunque prima fila, ovvero il primo squillo importante di Gilles Villeneuve in Formula 1.

L'indomani splende il sole, due Ferrari in prima fila sono un bel vedere davanti a 75.000 spettatori. Alle loro spalle le Brabham-Alfa di Lauda e John Watson e a sandwich la Lotus di Mario Andretti.
Al via scattano bene le due Ferrari e quando in fondo alla Shoreline Drive, Watson tenta di affiancarsi, c'è uno sbandamento dell'inglese che rallenta Reutemann; Villeneuve ne approfitta all'interno e chiudendo il tornantino, passa al comando.

Il canadese è pimpante, in formissima, procede che è un piacere e aumenta di qualche secondo il suo vantaggio sui rivali. Ma all'approssimarsi della metà gara avviene il fattaccio. Villeneuve si trova a doppiare la Shadow di Regazzoni e per non perdere tempo prezioso, appena lo raggiunge lo affianca e tenta di superarlo tra due curve.

Il ticinese chiude la porta e Villeneuve gli vola sopra la testa, sbattendo contro le gomme di protezione.

La prima vittoria va a farsi benedire.

In Italia polemiche a non finire, anche contro Regazzoni, che secondo i maligni non ha proprio agevolato il canadese durante il sorpasso.
L'amatissimo Clay, vecchio cuore ferrarista non ci sta e in alcune interviste ribatte: *"Con un accelerazione di soli quaranta metri, ho visto Villeneuve arrivare alla perdizione, ho sentito un colpo e mi è volato sopra la testa. Se non avesse urtato la mia vettura, sicuro sarebbe uscito di pista da solo!"*
A Maranello nonostante il rammarico per la mancata affermazione di Gilles, si consolano con la vittoria dell'altra Ferrari, pilotata da Carlos Reutemann.

Oltre alle polemiche, però inizia anche la curiosità attorno al giovane canadese; gli sponsor cominciano ad interessarsi a lui, perché con gli approcci alle gare con condotte così garibaldine, Villeneuve è un ottimo veicolo pubblicitario, perché funambolico e spettacolare. Enzo Ferrari dal canto suo, aveva già intravvisto queste qualità in Villeneuve e soprattutto ne apprezza il carattere, in quanto il canadese era bravo a farsi scivolare la pressione di dosso e non aveva paura di nulla. Certo, come diceva spesso lo stesso Ferrari – *"macinava sospensioni, cambi di velocità, semiassi, ma faceva vedere a tutti noi con il coraggio e la determinazione, quello che ci vuole per sopperire a una carenza o a uno stato di necessità!"*

Nel successivo Gran Premio del Belgio a Zolder, Gilles conquista i suoi primi punti mondiali, classificandosi al quarto posto. Zolder in ogni caso nel suo destino. In quel gran premio del 1978 in Belgio, Gilles fu velocissimo come sempre, ma forò la gomma anteriore sinistra e dovette fermarsi a sostituirla.

Fu tutta farina del suo sacco, la rimonta che lo portò finalmente a centrare i suoi primi tre punti iridati.

Dopo il Belgio, il gran premio più prestigioso – Montecarlo. A Monaco come sovente succede, il giorno della gara è nuvoloso, quasi plumbeo. Alla partenza Lauda tocca il posteriore della Ferrari di Reutemann, che parte in pole e per entrambi la gara è tutta da ricostruire. Al comando va John Watson con la seconda Brabham-AlfaRomeo seguito dalla Tyrrell di Patrick Depailler. Villeneuve senza troppi lampi è stabilmente al quarto posto.

Dopo un "lungo" di Watson, Depailler prende il comando. Villeneuve dopo aver resistito senza successo agli attacchi di un Lauda in forte rimonta, si stampa a 200 km/h all'uscita del tunnel, in un mare di scintille.

Ricomincia l'accanimento mediatico, nei confronti del canadese volante.

Dopo un'estate interlocutoria, nella quale Villeneuve alterna buoni spunti in prova, senza mai concretizzare in gara, si arriva sul finale di stagione in cui esplode definitivamente.

Nel Gran Premio d'Austria a Zeltweg, in una gara
difficile a causa della pioggia che cade a
intermittenza, il canadese torna a volare,
classificandosi al terzo posto e coronando finalmente
con il primo podio, una gara energica e senza errori.
Gilles ormai è diventato un beniamino del pubblico,
che lo incorona a Monza, dove ottiene una splendida
qualifica in prima fila, alle spalle del solo Mario
"piedone" Andretti, con la straordinaria Lotus 79, che
sarà iridata proprio in questo gran premio.

Il Gran Premio d'Italia, partito sotto i migliori
auspici, diventa dramma assoluto dopo trecento metri.
Il direttore di corsa Rastelli, anticipa l'accensione del
semaforo verde, quando i piloti delle prime file si
stanno fermando sulle proprie piazzole in griglia; ma
nelle file centrali e in fondo, le macchine sono ancora
in movimento. Villeneuve e Andretti si sono appena
arrestati. Gilles appena vede il verde parte a razzo e
fulmina Andretti.

Rapidamente si crea un pericoloso effetto
ventaglio, perché le auto delle file centrali avendo
maggior velocità, arrivano immediatamente nelle
ruote a quelle di testa. Giunti sul restringimento dove
si innesta la vecchia pista sopraelevata, si trovano
affiancate da tre a quattro vetture. Hunt tocca la Lotus
di Peterson, che parte per la tangente verso il guard-
rail di destra e si incendia. Nel resto del gruppone,
non avendo più visibilità si urtano quasi tutti, uscendo
di strada e sollevando oltre al fuoco un enorme
polverone.

La colonna di fumo è altissima, Peterson è imprigionato nella sua vettura in fiamme. Hunt scende velocemente e corre in soccorso dello sfortunato collega e insieme a Depailler e a Regazzoni, riescono ad estrarlo rapidamente e ad adagiarlo sulla pista. Domato l'incendio dalle squadre di soccorso, i sanitari si prodigano sul povero Peterson, che sembra avere gravi fratture alle gambe e si guarda le mani, dove ha la pelle che si sta staccando.

Ma Hunt si sbraccia ancora; sul lato destro della pista è ferma la March di Vittorio Brambilla, ma il pilota non scende dalla vettura e sembra non essere cosciente. Nel parapiglia generale, sembra che una ruota abbia colpito al capo Vittorio, che viene caricato immediatamente in ambulanza e al momento sembra in condizioni serie, più gravi di quelle di Peterson, che comunque ha entrambe le gambe rotte.

Ci sono molti minuti di tensione. Tra i più agitati James Hunt e Clay Regazzoni, che manda letteralmente a quel paese il team principal della Brabham, Bernie Ecclestone.
Peterson a bordo della vecchia Lotus 78 (era uscito di pista la mattina nel warm-up e aveva danneggiato la nuovissima Lotus 79), è stato vittima del rogo perché l'architettura della sua vettura prevedeva, che dei piccoli serbatoi di carburante, fossero posizionati nelle pance della vettura stessa, che nell'impatto contro il guard-rail esplosero.

Villeneuve concentrato e per nulla turbato dal fatto, nel frattempo aveva preso il comando della gara. Ma fu tutto da rifare. Dopo due ore e mezza di sosta per rimuovere i detriti e le vetture incidentate, si riparte. Il nuovo start viene dato intorno alle 18,15 e la gara viene accorciata a 40 giri. Gilles brucia di nuovo Andretti al via, ma ad entrambi prude il piede destro, perché anticipano anche il semaforo che è ancora rosso. A fine gara avranno un minuto di penalità.

Villeneuve resta al comando per più di metà gara, con incollato Mario Andretti che si appresta a vincere il titolo iridato. Poi all'imbrunire (la gara si concluse dopo le 19), approfittando di noie ai pneumatici della Ferrari, il pilota istriano passa al comando e vince simbolicamente il gran premio, che in realtà si aggiudica Lauda, restando comodamente al terzo posto. Intanto all'ospedale di Niguarda arrivano le prime notizie sui feriti, ma mentre per Brambilla si prevede un leggero risveglio, per lo svedese della Lotus le notizie sono pessime. Ronnie rischia l'amputazione di una gamba. I medici gli dicono di scegliere; amputazione o una rischiosa operazione chirurgica. Peterson che pensa a tornare alle corse, sceglie l'intervento.

Sarà invece la sua fine.

Dopo aver subito un intervento di sei ore per ridurre le fratture, lunedi intorno all'alba, Ronnie Peterson si aggravò e perse la vita. Venne dichiarato morto alle 9,50 italiane. Un'embolia gassosa, dopo l'intervento chirurgico gli fu fatale. Se ne andava in punta di piedi un beniamino del pubblico, che era adorato, sopratutto in Italia.

Peterson ottenne proprio sul circuito brianzolo, tre
fantastiche vittorie rispettivamente nel 1973 e '74 con
la Lotus e una vittoria con la March, nel 1976. In
segno di lutto, il governo svedese vietò sul suo
territorio, tutte le competizioni automobilistiche.

Ancora scossi dalla tragedia, il circus si sposta
negli Stati Uniti per gli ultimi due gran premi di
stagione, a Watkins Glen e poi sul nuovissimo
circuito di Montreal, ricavato nell'isola costruita sul
fiume San Lorenzo, dove due anni prima nel bacino
artificiale, si svolsero le gare di canottaggio valevoli
per le olimpiadi di Montreal 1976.

A Watkins Glen, ci fu la quarta affermazione
stagionale di Carlos Reutemann, su Ferrari, l'ultima.
Al simpatico ma a volte ombroso pilota argentino,
Ferrari non rinnovò il contratto, che invece venne
rinnovato a Villeneuve per il 1979. Villeneuve in quel
momento aveva marcato solo un podio, ma a
Maranello, Ferrari se lo coccolava come un figlio, al
contrario di Reutemann che definì: *"Pilota eccellente,
ma tormentato e tormentoso".*

Dopo la tappa del Glen, dove Villeneuve ruppe
un pistone e fu costretto al ritiro, si va in Canada a
casa di Gilles, per il battesimo del fantino ferrarista su
questa nuova pista, al volante del team più blasonato
al mondo. I Quebécois sono tutti in delirio per Gilles.

Arriva l'8 ottobre 1978, giorno della gara; Villeneuve
ben qualificato, parte bene e si stabilizza in quarta
posizione. Al comando Jean Pierre Jarier, il pilota
transalpino sostituto del compianto Peterson in Lotus,
seguito da Alan Jones su Williams. Jones ha noie

meccaniche e deve cedere la sua posizione a Scheckter, che nel frattempo viene passato da Villeneuve.

A venti giri dal termine il "miracolo"; Jarier accusa una perdita d'olio che ne mette fuori uso i freni. Villeneuve è primo e mezz'ora dopo, trionfa nel tripudio generale, a casa sua. E' il primo canadese, che si aggiudica un gran premio nella massima formula. Nel gelo di Montreal (la gara si disputò con soli cinque gradi e i piloti sul podio indossarono i giubbotti), si scaldano i cuori di ferraristi e canadesi.

Gilles Villeneuve, ha vinto il suo primo gran premio.

Per la stagione 1979, Ferrari ha ingaggiato il sudafricano Jody Scheckter, che farà coppia con Villeneuve. Scheckter sarà il capitano di Villeneuve e avrà lo status di prima guida.

-Stagione 1979-

A Maranello, Mauro Forghieri ha progettato una nuovissima vettura. Non è bella esteticamente, ma si rivelerà molto performante.
Si chiama Ferrari T4 e debutterà in gara al Gran Premio del Sudafrica a Kyalami.
Nei primi due gran premi in Argentina e Brasile, due affermazioni consecutive della Ligier di Jacques Laffite, che gongola, credendo di aver la macchina per conquistare il titolo mondiale.

Le due Ferrari gareggiano ancora con le "vecchie" T3, che raccoglieranno comunque dei punti mondiali.

Arriviamo in Sudafrica e le nuove Ferrari T4 ipotecano subito le due posizioni alle spalle del poleman Jabouille, con una Renault turbo velocissima. Al secondo passaggio, un violento acquazzone portò la direzione gara ad interrompere la corsa, ma in quel momento Villeneuve passò al comando. Alla ripartenza, data dopo circa quarantacinque minuti, Villeneuve scatta dalla pole e mantiene il comando delle operazioni. Le vetture hanno tutte gomme da bagnato, ma con il repentino asciugarsi della pista si moltiplicano i cambi gomme ai box.

Gilles attende fino al quindicesimo giro, poi rientra rapidamente ai box, dove i meccanici Ferrari velocissimi, in poco più di 16 secondi lo rimandano in pista. Il canadese, sempre arrembante mantiene la seconda posizione e torna al comando quando Jody Scheckter, al cinquantatreesimo giro, si ferma a cambiare le sue gomme ormai esauste. Il buon Jody sembra poter rimontare, ma Villeneuve non molla e trionfa in casa del pilota sudafricano, che comunque non fa polemiche.

Villeneuve, ottiene la sua seconda vittoria in Formula1.

Tre settimane più tardi a Long Beach, Gilles ottenne la sua prima pole-position. Partì spedito in gara e la condusse con autorità, fino al termine dei giri, sempre velocissimo e senza alcuna sbavatura.

Villeneuve vince a Long Beach ottenendo l'unico hat trick della carriera, ovvero pole, giro più veloce e vittoria. Scheckter è di nuovo secondo.

Il canadese ottiene la sua terza vittoria in carriera e conduce la classifica del mondiale. Enzo Ferrari è raggiante, ha vinto la sua scommessa.

Aveva ragione lui.

Villeneuve e Scheckter si trovano spesso a Fiorano per testare le vetture. A volte arrivano in macchina insieme da Montecarlo (hanno entrambi due Ferrari stradali in uso), altre volte ognuno per conto proprio. La differenza tra i due, l'arrivo in fabbrica. Scheckter arriva normalmente e parcheggia, Villeneuve arriva, compie tre testacoda e parcheggia esattamente sul suo posto riservato, in mezzo ad altre macchine, pur arrivando di traverso. Una mattina in ufficio da Enzo Ferrari, c'erano Forghieri e Franco Gozzi responsabile dell'ufficio stampa di Ferrari stesso. I tre, improvvisamente sentono uno stridore di gomme e poi una gran botta proprio dietro il muro.

"Ma chi è questo pazzo?" – esordisce Ferrari.

Forghieri: *"Commendatore è il nostro beneamato Villeneuve. Ha appena fatto fuori un treno di gomme, cosa facciamo, gliele cambiamo?"*

Ferrari: *"Cambiagliele!"* – dopo il terzo treno fatto fuori – *"Non cambiargliele più!"*

Nel successivo Gran Premio di Spagna al Jarama, Villeneuve per difendere la sua posizione si girò in testacoda e non ottenne punti. A Zolder nel circuito del suo destino, fu sfortunatissimo. Durante il primo giro alla chicane Kleine, Scheckter forza il sorpasso sulla Williams di Clay Regazzoni, i due si toccano e Clay diventa un ostacolo per Gilles, che lo tampona e rompe l'ala anteriore.

Dovrà fermarsi ai box e ripartirà in fondo al gruppo, prodigandosi in una fantastica rimonta fino al terzo posto, superando dopo molti giri un ostinato Patrese che non gli rese vita facile. Ma la Dea bendata quel giorno non fu benevola. Gilles durante l'ultimo giro, dopo Terlamenbocht resta senza benzina e riesce a malapena ad arrivare all'ingresso della corsia box, con la vettura ammutolita. Fu una vera disdetta, un podio sfumato nelle ultime curve. A Zolder vince comunque una rossa, infatti si afferma Scheckter.

Il sudafricano fa il bis nel principato di Monaco, dove le Ferrari agili e competitive, conducono la gara in coppia. Purtroppo Villeneuve è ancora sfortunato, perché probabilmente dopo aver aggredito un cordolo, rompe la trasmissione al 54° passaggio e deve piantarla lì. Tre gare e zero punti, contro due vittorie consecutive di un ottimo Scheckter.

Risultato?

Jody va in testa al mondiale e si riprende i gradi di capitano.
A questo punto il buon Jody chiede al direttore sportivo Marco Piccinini, che Gilles gli faccia da

gregario già a partire dal Gran Premio di Francia che si disputerà a breve a Digione. Piccinini gli chiede di aspettare l'esito di quella gara e poi deciderà.

A Digione andò in scena un gran premio memorabile, con la prima vittoria della Renault turbo di Jean Pierre Jabouille, scattato dalla pole insieme al compagno Arnoux, ma entrambi scavalcati subito da Villeneuve autore di una delle sue partenze fulminanti. Per circa metà corsa il canadese regge in testa, poi complice il degrado delle gomme, subisce al 47° giro l'attacco di Jabouille che prende subito un notevole vantaggio.
Nei giri finali Villeneuve è in difficoltà con i freni e Arnoux si avvicina minaccioso.
I numerosissimi tifosi transalpini, sentono odore di doppietta da parte della Regiè.

Al terzultimo giro, in fondo al rettilineo dopo il traguardo, René attacca Gilles che tenta una tenue resistenza. Il folletto di Ferrari sembra perdere terreno, ma anche la Renault ha un problema di pescaggio del carburante e al penultimo giro, nella medesima staccata dopo il lungo rettilineo del traguardo, infila la sua Ferrari numero 12 all'ingresso della curva a destra, all'interno della Renault, spiattellando le quattro gomme in un'assurda frenata al limite.
Non si sa come, ma Villeneuve tiene in strada la vettura e si riprende il secondo posto.

Siamo ormai all'epilogo.

I tifosi sono impazziti, i numerosi giornalisti e commentatori sono esaltati e di Jabouille vincitore non interessa niente a nessuno. Tutti vogliono sapere come finirà la battaglia tra i due.

Ultimo giro, stessa curva a destra dopo i box, Arnoux affianca Villeneuve che pianta un'altra frenata terribile. I due procedono appaiati per tutto il raggio della curva e si toccano due volte, poi all'imbocco del rampino a sinistra, Arnoux esce di traiettoria e Villeneuve lo affianca alla sua destra. I due procedono appaiati e si toccano sulle gomme altre tre volte e si urtano perfino sulle fiancate, una quarta volta. Il ferrarista sbanda, ma tiene la vettura.

Alla successiva curva in salita Villeneuve si affianca ancora, un altro paio di botte tra i due, poi Gilles passa davanti e pressato fino all'ultimo metro da Arnoux, taglia il traguardo in seconda posizione. È l'apoteosi! Un duello così rusticano, non si era e non si è più visto in Formula 1. I due scesi dalle rispettive vetture, si abbracciano e scoppiano a ridere. Sul podio il vincitore Jabouille è esterrefatto.

In pochi si interessano a lui, tutti gli osanna sono per quei due *"fantini terribili"*.

René Arnoux ogni volta che viene intervistato, ricorda così:*"Ero negli ultimi tre giri e avevo problemi di pescaggio del carburante, in alcune curve il mio motore si spegneva. Gilles aveva problemi con i freni e per resistere al mio attacco, spiattellò i pneumatici. Avendo entrambi questi problemi, è stato possibile fare questo duello.*

*Solo con Gilles era possibile fare un duello così,
senza rischiare di farsi male. Ci siamo toccati sette o
otto volte; lì era di un pericoloso assurdo...bastava
che uno dei due mollasse il gas e il decollage era
immediato".*

Continua un divertito Arnoux: *"Ho come una
fotografia scattata nella mia mente – durante il
duello, la curva dopo il traguardo era a destra...io
ero all'interno e Gilles all'esterno. Ho girato un
attimo lo sguardo verso Gilles e ho visto proprio
i suoi occhi dietro la visiera...era concentratissimo!
Poi a fine gara, qualcuno ha pensato che ci
prendevamo a pugni. Invece sul podio ci siamo stretti
la mano e siamo scoppiati di ridere!"*

Enzo Ferrari a Maranello, si espresse così: *"Oggi
Gilles, mi ha fatto rivivere le gesta di Nuvolari".*

Scheckter giunto al quarto posto, davanti a cotanta
impresa andò da Piccinini e gli disse: *"Lascia stare
Marco, non si può chiedere a Gilles in questo
momento di farmi da scudiero!"*

Dopo Digione, si corre a Silverstone, circuito
velocissimo e adatto ai turbo Renault. Ma è proprio in
questa gara che si affaccia un altro temibile rivale, la
Williams. Clay Regazzoni, torna alla vittoria dopo tre
anni e regala il primo successo alla scuderia del
futuro Sir Frank.

Nei successivi gran premi di Germania, Austria
e Olanda la Williams è imbattibile e timbra tre trionfi
consecutivi, tutti con Alan Jones.

Il pilota australiano comincia a gettare le basi per la
conquista del mondiale 1980.

In queste gare la Ferrari ha delle difficoltà; c'è da fare di necessità virtù e portare a casa anche i punticini. La gestione di questa fase riesce meglio a Scheckter.

A Villeneuve interessa sempre e solo la gara, vuole primeggiare ogni volta senza fare calcoli sul campionato; chiede alla vettura quello che in quel momento non può dargli e spesso si ritira per guasti meccanici. Questo in sostanza era il suo vero limite o difetto, se vogliamo chiamarlo così.

La Ferrari pilotata da Villeneuve, a fine gara era sempre una vettura esausta sulla quale bisognava cambiare alcune componenti, quasi sempre i freni. Le auto di Lauda e Scheckter ad esempio, arrivavano a fine gran premio con i freni come nuovi.

Il Commendatore, che era sempre al corrente di tutto e talvolta riceveva nei rapportini, qualche lamentela dei suoi collaboratori, rispondeva così:*"Villeneuve lo conosciamo bene, è fatto così e non possiamo cambiarlo. Piuttosto voi cercate di fare i pezzi più robusti e quando lui non li romperà più, vorrà dire che avremo raggiunto la perfezione!"*

Ferrari aveva un'autentica venerazione per Gilles. I due interloquendo in francese, parlavano come fossero padre e figlio. Il Drake rivedeva sé stesso in età giovanile, quando era un pilota da corsa e Gilles gli ricordava come lui avrebbe voluto essere, ma forse non è riuscito ad esserlo.
Per far capire meglio il rapporto instaurato tra i due, uomini vicini a Ferrari raccontarono un aneddoto.

Un tal giorno Carlos Reutemann, chiese udienza a Ferrari e in attesa di essere ricevuto (il Drake faceva fare molta anticamera a chiunque lo

volesse vedere, con il fine di far "cuocere" bene il suo interlocutore), passeggiava avanti e indietro nervosamente, nell'atrio. All'improvviso entrò Villeneuve, che percorse il lungo corridoio fino all'ufficio di Ferrari, bussò ed entrando disse: *"Ciao Enzo!"*
Basta questo a rendere l'idea, della complicità che c'era tra i due.
In molti pensavano di Gilles, che se non modificava le sue condotte di gara, non sarebbe mai potuto diventare un campione del mondo, ma a Ferrari andava bene lo stesso.

A Zandvoort, nel Gran Premio di Olanda, la pole è di René Arnoux. Scheckter qualificato in terza fila, con al fianco Villeneuve, parte malissimo e si ritrova intorno alla ventesima posizione al primo giro. Pochi metri più avanti, Jabouille affianca Arnoux, che è costretto ad allargare andando a speronare un'incolpevole Regazzoni, che perde la ruota anteriore sinistra. Per entrambi è il ritiro.
In questo parapiglia Alan Jones prende il comando. Gilles è secondo quando all'undicesimo passaggio, rompe gli indugi ed effettua un sorpasso memorabile, attaccando Jones all'esterno della curva Tarzan. La Ferrari numero 12, con Scheckter nelle retrovie, sembra voler riprendere a suo favore la lotta mondiale. Villeneuve percorre altri trenta giri in testa, mantenendo circa tre secondi di vantaggio su Jones, poi improvvisamente nei successivi quattro giri perde tutto il vantaggio per noie ai pneumatici e Jones si rimette alle sue calcagna.

Pressato dall'australiano, la Ferrari si gira all'imbocco della nuova e contestata chicane, della curva Hondenvlak (nel tratto dove morì nel fuoco Roger Williamson nel 1973), compiendo due piroette. Alan Jones, balza al comando. Villeneuve riparte e decide di proseguire senza fermarsi a cambiare i pneumatici. Dopo un ulteriore passaggio sul traguardo, all'imbocco della curva Tarzan, la televisione inquadra la Ferrari del canadese nuovamente in testacoda e con la gomma posteriore sinistra dechappata.

Villeneuve non si perde d'animo, si alza per qualche secondo la visiera, innesta la retromarcia e riparte a razzo su tre ruote. Questo sarà il giro che porterà Villeneuve nella storia. Percorrerà la prima parte del tracciato a velocità supersonica, finché non comincia a perdere pezzi. La Ferrari oscilla, si impenna sull'anteriore e compie alcuni tratti addirittura su due ruote. Il canadese è corretto e tiene sempre un braccio alzato, per segnalare agli altri driver il suo rallentamento.

Quando rientra ai box, sappiamo tutti come va a finire: *"Presto, rimontatemi la gomma!"*
Ma a Gilles manca tutto il mozzo e la sospensione.

"Si può riparare?" – chiede innocentemente a Forghieri, che gli dà una pacca sulle spalle e lo manda a farsi la doccia.
Al termine della gara trionfa la Williams di Jones, ma chi distruggere le residue chance di Villeneuve è Jody Scheckter, che ha rimontato fino in seconda posizione

e si accaparra altri sei punti mondiali. Per Gilles la lotta per l'iride finisce qui.

Quindici giorni più tardi, c'è il Gran Premio nazionale a Monza, Gilles capisce che con un buon risultato di entrambe le Ferrari, si porterebbero a casa due mondiali in un colpo solo, davanti al pubblico amico.
Piccinini chiede ai piloti di avere buonsenso, senza rischiare di vanificare lo splendido lavoro svolto.
Il canadese senza che in Ferrari nessuno glielo imponga, parla con Jody e lo rassicura: *"Non preoccuparti per domani, fai la tua gara che ci sarò io a coprirti le spalle. Poi l'anno prossimo sarai tu che darai una mano a me, se ne avrò bisogno"*.

Due amici, due veri amici nel lavoro e nella vita quotidiana. Vivono entrambi a Montecarlo e anche le rispettive mogli si frequentano.
Sembra anche che Jody si sia offerto di aiutare Gilles, quando questi ebbe una grana sull'acquisto di una villa nel principato. Quando vanno a Maranello viaggiano spesso insieme, fin quando Gilles non prende il brevetto e si compra l'elicottero.
L'aneddoto più divertente, quando entrambi si recano a Fiorano per dei test, Jody a bordo della sua Ferrari e Gilles alla guida del suo elicottero. Gilles non sapeva usare le mappe di volo, ma seguiva le strade dall'alto, tanto che in molti pensavano che non avesse un vero e proprio brevetto di pilotaggio.
Quel giorno, giunti all'altezza di Reggio Emilia andò a cercare la Ferrari di Scheckter in autostrada e

quando la trovò, fece marcia indietro e perdendo rapidamente quota, lo puntò nel verso contrario, scendendo fino a pochi metri dell'asfalto per spaventare a morte il povero Jody e creando scompiglio in tutta la carreggiata. All'arrivo a Maranello, Jody furioso esclamò: *"Dov'è quel pazzo? Non potete neanche immaginare cosa mi ha fatto un'ora fa..."*

A Monza, come da tradizione c'è il pubblico delle grandi occasioni. Tutti aspettano la doppietta delle Ferrari, che puntualmente arriva.
Primo Scheckter, secondo Villeneuve e terzo Regazzoni. Titolo piloti e titolo costruttori a Maranello, un trionfo totale.
Gilles dapprima rintuzzò gli attacchi della Ligier di Laffite, che aveva ancora chance mondiali, poi si incollò a Scheckter scortandolo fino al traguardo. Invasione di pista e braccia al cielo per i beniamini ferraristi.

Con i titoli mondiali in cascina, la stagione si conclude come di consueto in quegli anni, a Montreal e a Watkins Glen, dove Villeneuve ottenendo un secondo posto in Canada e la terza vittoria di stagione negli states, conclude il campionato da vice campione del mondo, a soli quattro punti da Jody.
I due intervistati nei giorni successivi, commentano così, il campionato appena concluso:

Villeneuve – *"Sono contento per Jody, perché ha conquistato il mondiale meritatamente. Io ho commesso alcuni errori e sicuramente ho imparato qualcosa da Jody. Se l'auto sarà competitiva, vedrete, il mondiale l'anno prossimo sarà mio".*

Scheckter – *"Ho avuto un'ottima stagione, in alcune fasi non è stato semplice, ma ho sfruttato tutti i piazzamenti possibili e vinto alcune gare. Devo ringraziare Villeneuve per essere stato un corretto compagno di squadra e un ottimo scudiero. Gli sono riconoscente. Certo le gesta più eclatanti le ha fatte Gilles, – mi dicevano Villeneuve ha fatto questo, Villeneuve ha fatto quest'altro – ma alla fine il mondiale l'ho vinto io, è questo che conta".*

Gilles, fa tesoro delle parole dette da Scheckter e capisce che Jody ha ragione, in fondo quello che verrà ricordato è quello che si fregia del titolo iridato.

Non sarà cosi!

-*Stagione 1980*-

Per la stagione ventura, durante l'inverno la Ferrari presenta un'evoluzione della poco elegante ma vincente T4, che viene nominata T5 ed è l'ultimo progetto del modello T.
Nelle intenzioni dei vertici di Maranello, cercherà di difendere il titolo mondiale appena conquistato per poi lasciare campo libero al modello turbo, contrassegnato dal progetto 126C.
Sulle griglie di partenza, c'è una novità; manca Niki Lauda. Il bicampione del mondo è stanco di fare il comprimario e decide di dedicarsi alla sua compagnia

aerea a tempo pieno. Nei primi quattro gran premi della stagione, che parte in Argentina, per poi virare in Brasile, Sudafrica e Stati Uniti, le Ferrari pur arrancando sembrano tenere il passo, soprattutto in qualifica. Ma ben presto ci si rende conto che sarà una stagione amara, la peggiore della storia della Ferrari.

Al cospetto delle più recenti wing-car inglesi, che sfruttano l'effetto suolo con l'utilizzo di minigonne installate sotto le pance laterali a contatto con l'asfalto, il progetto T si dimostra ormai definitivamente vetusto. Se Villeneuve ci mette del suo per contenere la debacle, Scheckter va letteralmente in crisi, vittima di guasti ripetuti ai quali si affianca un certo appagamento e la volontà di smettere con le corse.

Dopo un punticino racimolato a Zolder da Villeneuve, nel successivo Gran Premio del principato a Monaco, il canadese fa miracoli e si qualifica in sesta posizione. Jody è malinconicamente schierato in diciassettesima posizione, quindi terzultimo. In gara Gilles lotta come un mastino e riesce a portare a casa un quinto posto, che gli garantisce altri due punticini iridati. Gilles nelle interviste post gara, ammette però l'impossibilità di essere competitivo e di dover rinunciare alla lotta nel mondiale per quest'anno.

Il dramma sportivo però arriva in estate, durante le gare europee in Francia, Gran Bretagna, Germania, Olanda e Austria. Villeneuve non riesce mai a qualificarsi meglio del 15° posto, migliorato da un settimo a Zandvoort, mentre Scheckter oscilla dalla ventunesima alla ventitreesima posizione in griglia, sfiorando più volte la non qualificazione. Scheckter non ne può più e getta la spugna, annunciando il ritiro al termine di questa stagione, a soli trenta anni. L'onta dell'esclusione per Jody, comunque arriverà nel Gran Premio del Canada, penultimo appuntamento di stagione.

Per tentare di contenere il danno d'immagine, in Ferrari sono costretti ad anticipare il debutto del progetto 126C, con il motore turbo Comprex.
Viene annunciato il debutto della Ferrari turbo, per il Gran Premio d'Italia, che si correrà per quell'anno a Imola, mentre Monza è fermo per alcuni lavori di ristrutturazione.
Il campionato nella fase estiva, vede un testa a testa tra la Williams-Ford di Alan Jones e la Brabham-Ford condotta dall'astro nascente, il brasiliano Nelson Piquet. A Imola Gilles, nelle prove porta al debutto la nuovissima 126C; numerosi i flash dei fotografi intorno alla vettura, perché è comunque un evento storico.
Villeneuve il sabato, qualifica la nuova Ferrari turbo all'ottavo posto in griglia, poi per la gara di domenica, sceglierà di nuovo la T5.
Nelle prime fasi della gara, il canadese si porta in quinta posizione, poi al 6° giro nella veloce semicurva a destra (ora chiamata variante Villeneuve, dove c'è un monumento dedicato a Gilles), prima della curva Tosa, la Ferrari di Villeneuve si gira su sè stessa a causa dello scoppio del pneumatico posteriore destro e parte per la tangente, attraversando

la pista e andando a schiantarsi sul muro di sinistra
a 280/km.
Un botto terribile!

Il relitto della Ferrari, semidistrutta su tutto il lato
sinistro e senza motore, attraversa di nuovo la pista,
creando scompiglio alle vetture che sopraggiungono e
si arresta all'esterno, proprio all'ingresso della curva
Tosa. Dopo un paio di secondi, il ragazzo del Quebec
alza le braccia. Tutto ok, non mi sono fatto niente.

-Il bacio di Ferrari -

Esce con le sue gambe dalla vettura, ma è sotto shock
e per qualche minuto perde la memoria. Viene
caricato in ambulanza e portato nel centro medico del
circuito per degli accertamenti.

Gilles è uscito indenne da un altro terribile incidente.

Si alimenta in questo modo il detto, che Villeneuve
è immortale. L'indomani all'ora di pranzo, viene
indetta da Ferrari la conferenza stampa per la
presentazione di Didier Pironi, pilota transalpino di
origini friulane, talentuoso, già autore di ottime gare e
vincitore del Gran Premio del Belgio al volante di
una Ligier.
Didier, sarà il compagno di Gilles per la stagione
1981. Il ferrarista è all'ospedale di Bologna in
compagnia della consorte, a fare dei controlli a causa
dell'incidente di poche ore prima e si presenta a
sorpresa alla conferenza stampa, che viene interrotta

per applaudirlo. E' in questo frangente che ci sarà l'evento più bello, che verrà immortalato da un lestissimo Ercole Colombo, il decano dei fotografi di Formula 1. Enzo Ferrari si alza dal tavolo, va incontro a Gilles che fa per stringergli la mano, ma il Commendatore prende il viso di Gilles tra le sue mani e lo bacia sul capo teneramente.

Ercole Colombo ebbe la prontezza di riflessi per scattare una raffica di foto, proprio in quel momento. Ne è uscita un'immagine bellissima e tenerissima, come quella di un padre che bacia il figlio prediletto, dopo che costui ha scampato un pericolo.
In sala, uno scrosciare di applausi e l'ovazione per Gilles che era tornato sano e salvo sulle sue gambe.

Mancano ancora due gran premi, al termine di questa travagliata stagione '80 per la Ferrari e sono in lizza per aggiudicarsi il mondiale l'australiano Jones e il brasiliano Piquet. Il penultimo Gran Premio è in Canada, a Montreal a casa di Villeneuve. In questa gara ci sarà il declino totale della Ferrari, con la già nota mancata qualificazione della Ferrari numero 1, campione del mondo in carica con Jody Scheckter. Gilles si qualificherà in penultima fila, con il 22° tempo.

I due rivali in lotta per il titolo iridato partono in prima fila. Al via Alan Jones vistosi affiancato da Nelson Piquet, allarga la traiettoria e innesca una collisione col rivale. La Brabham di Piquet si intraversa e va ad occupare tutta la sede stradale, generando un incidente multiplo in cui sono coinvolte otto vetture, inclusa l'unica Ferrari di Villeneuve in gara.

Trascorre quasi un'ora, poi viene data una seconda partenza. Va al comando Pironi con la Ligier, ma sembra che abbia "bruciato" il via e solo a metà gara verrà presa la decisione definitiva, di penalizzarlo di un minuto a fine gara. Al terzo giro pur con Pironi primo, ma sub-iudice, condurrebbe Piquet che prende un discreto vantaggio su Jones, ma al 23° passaggio esplode il motore Cosworth della sua Brabham e il brasiliano deve dare addio alle speranze iridate.

A questo punto Jones, avvisato dai box della penalità di Pironi, se ne sta tranquillo al secondo posto fino al termine della gara, dove risulterà vincitore e coronerà il sogno di diventare il primo campione del mondo australiano, dopo i fasti di Jack Brabham negli anni sessanta.

Gilles Villeneuve, a sorpresa e in gran rimonta si classifica al sesto posto, a casa sua.

Si va verso la conclusione di una stagione, in cui si è dannatamente ripresentata alla porta, dopo due soli anni, la Dea Nera. Il 1° agosto durante dei test ad Hockenheim, il francese dell'Alfa-Romeo, Patrick Depailler, trova la morte in uno schianto a 300 all'ora, uscendo di strada alla velocissima Ostkurve. L'ultima vittima fu Ronnie Peterson a Monza, nel 1978, preceduto da Tom Pryce in Sudafrica '77, da Mark Donhoue a Zeltweg nel 1975 e ancora da Roger Williamson a Zandvoort e Francois Cevert a Watkins Glen nel 1973.

In primavera, sul circuito di Long Beach, uno schianto in fondo alla Shoreline Drive, stroncò la carriera di Clay Regazzoni che ebbe salva la vita, ma riportò lesioni spinali e dovette trascorrere il resto della sua esistenza su una sedia rotelle, da paraplegico.

Durante la gara del Canada, intorno a metà corsa, esce di strada la Renault turbo di Jean Pierre Jabouille. Il pilota transalpino si ruppe entrambe le gambe e avrà compromessa la carriera.

Il circus si sposta negli Stati Uniti, a Watkins Glen per partecipare all'ultima corrida della stagione e per chiudere definitivamente con il circuito statunitense, da anni al centro di polemiche, per i suoi standard di sicurezza allucinanti.

Al Glen finalmente una sorpresa – Bruno Giacomelli, pilota bresciano dell'Alfa, orfana del compianto Depailler, stampa una straordinaria pole-position e resta in testa per 30 giri.

Poi un guasto ammutolisce il poderoso dodici cilindri della sua Alfa-Romeo e finisce anticipatamente una bellissima favola. Giacomelli in quel momento aveva dieci secondi di vantaggio sull'argentino Carlos Reutemann a bordo della Williams-Ford.

Al termine della gara si impone di nuovo l'australiano Jones, che fa doppietta con il suo compagno di squadra Reutemann.

La stagione '81 riparte da Long Beach, dove le Ferrari nr. 27 per Villeneuve e quella nr. 28 affidata a Didier Pironi debuttano con i motori turbo, spinti dal compressore Comprex e parte l'era del modello 126C. Le Williams campioni del mondo, adottano ancora l'architettura aspirata con il robusto 8 cilindri Ford-Cosworth, mentre le Brabham sono all'ultima stagione con il Ford aspirato e stanno provando in gran segreto il loro turbo, costruito appositamente dalla Bmw.

Le Renault turbo, sono sempre competitive e al posto di Jabouille, la Regiè ingaggia un altro pilota transalpino che farà parlare di sé, Alain Prost, che affiancherà il confermato Arnoux. Chiudono il cerchio delle vetture competitive, la Talbot-Ligier che adotta il 12 cilindri Matra e conferma il veterano Jacques Laffite, a seguire la McLaren-Ford con John Watson e la Lotus-Ford con Elio De Angelis promosso prima guida.

Novità di questa stagione è il debutto della scuderia britannica Toleman, che dopo aver dominato la stagione '81 in Formula 2, schiera una vettura per l'esordiente Derek Warwick. La Toleman monta un quattro cilindri turbo, prodotto dall'artigiano Brian Hart e adotta gomme italiane Pirelli. A Long Beach, a sorpresa ottiene la pole Riccardo Patrese con la Arrows.

Pronti, via! Patrese alla fine della Shoreline Drive mantiene la testa della corsa, ma alla sua sinistra arriva velocissimo Villeneuve, che sorpassa almeno cinque vetture, ma arriva lungo e deve riaccodarsi in quarta posizione. Un guasto alla trasmissione fermerà il canadese al 17° giro e lo costringe al ritiro.

Al traguardo si imposero le Williams, con il successo di Jones, seguito da Carlos Reutemann.

Nei successivi gran premi di Brasile e Argentina, si affermarono Reutemann a casa di Piquet e poi Piquet a casa di Reutemann. Carlos ebbe uno straordinario inizio di mondiale e passò a condurre la classifica.

Dopo due anni di litigi tra FISA e FOCA, rispettivamente Federazione Internazionale Sport Automobilistico con a capo Jean Marie Balestre e la Formula One Constructor Association con a capo Bernie Ecclestone e Max Mosley, che si sono sempre fatte la guerra sui diritti commerciali in F1, è stata scongiurata la possibile defezione dei costruttori dal campionato, che sono in contrasto con le regole della Federazione Internazionale. Gli stessi costruttori minacciano di creare un campionato alternativo alla Formula 1.

Il 5 marzo 1981, alla presenza di Enzo Ferrari, venne firmato il Patto della Concordia, che delibera per i successivi 5 anni ruoli ben definiti per entrambi gli enti. La FISA si occuperà del regolamento tecnico della Formula 1, mentre la FOCA si occupa dell'organizzazione finanziaria dell'intero mondiale. Il Patto della Concordia, con le sue modifiche e variazioni è tutt'ora in vigore e regolamenterà il campionato fino a fine 2020.

Si torna in pista a Imola, per il 1° Gran Premio di San Marino. Durante le prove la 126 in modalità CK, (che ha lasciato il Comprex per le turbine KKK dell'americana Garret), condotta da Villeneuve è la più veloce in pista e Gilles ottiene la seconda pole-position della sua carriera.

Poco prima del via la pioggia bagna la pista, per tutti sarà una gara rain.

Le due Ferrari di Villeneuve e Pironi, partono al comando. Il canadese conduce per una quindicina di giri, poi a sorpresa entra ai box e chiede che gli vengano montate le gomme slick d'asciutto.

I meccanici scuotono la testa, Forghieri è furioso; dopo tre giri Villeneuve deve tornare a montare nuovamente le gomme da bagnato.

Scivola in fondo al gruppo e sarà costretto ad una rimonta, che lo porterà fino al sesto posto, poi a due giri dal termine la sua Ferrari si ammutolisce.

Vince Piquet, dopo che per metà gara aveva condotto Didier Pironi, con l'altra Ferrari. Quindici giorni dopo si torna in Belgio, a Zolder.

Durante le prove resta ucciso il giovane meccanico di Osella, investito da Reutemann, poi il parapiglia della protesta, del via caotico e l'investimento del meccanico Arrows, Luckett.

Nel primo tratto di gara, conduce Pironi, che arriva lungo alla chicane Kleine e deve cedere il passo ad Alan Jones, che a sua volta esce di pista alla curva Lucien Bianchi, riportando contusioni a una gamba. Carlos Reutemann torna alla vittoria e di nuovo in testa al mondiale, in quanto anche Piquet si ritira. Villeneuve si classifica quarto e marca i primi tre punti mondiali della stagione.

La tappa successiva è il Gran Premio di Monaco, Gilles Villeneuve ha appena rinnovato con la Ferrari anche per il 1982 ed è in splendida forma.
Si qualifica in prima fila al fianco del poleman Piquet. La corsa parte con più di un'ora di ritardo, perché a ridosso dell'ora di pranzo nelle cucine dell'hotel sopra il tunnel, scoppia un incendio. La grande quantità di acqua usata dai vigili del fuoco, allaga il tunnel sottostante, creando problemi di aderenza alle vetture che passano a 280 km/h in quel punto. Al via Piquet mantiene la testa, seguito da Villeneuve che insolitamente mantiene una condotta di gara guardinga e viene superato sia da Jones, che da Patrese. Lo stillicidio di guasti e uscite di strada che normalmente avviene a Montecarlo aiutano Villeneuve a risalire in seconda posizione. Infatti dapprima Patrese si ferma per un guasto, poi Piquet sbatte alla curva del Tabaccaio. Il canadese è tranquillamente al secondo posto, con un distacco di 31 secondi dal capolista Jones. Basterebbe questo risultato per soddisfare i palati fini, ma la buona sorte oggi è tutta per Gilles.

A 7 giri dal termine Jones deve rientrare ai box per noie meccaniche. La Williams n. 1, rientra in testa e mantiene sette secondi di vantaggio sulla Ferrari, ma non macina più l'asfalto come prima. Villeneuve fiuta l'impresa e inizia a spingere a passo di carica, supportato da un tifo da stadio e da migliaia di tifosi che si agitano dai palazzi e dalle tribune.

All'inizio del quartultimo giro, il canadese compie l'impresa – un sorpasso alla destra di Jones, che si è piazzato a centro pista, sfiorando le ruote

della Williams e lambendo il guardrail di destra.
All'imbocco della Saint Devote, la rossa Ferrari è
prima e dieci minuti più tardi tra pacche sulle spalle e
pianti al box Ferrari, Gilles trionfa, centrando il
quinto successo in carriera, il più prestigioso.

– *"La prima volta del turbo a Montecarlo!"*
– *"Trionfo di Villeneuve nel principato"*.
– *"La Ferrari trionfa a Monaco"*.

Questi i titoli dei giornali del lunedì mattina.

Ma il top si raggiunge dopo qualche giorno, quando il
settimanale Times che ha una tiratura di 7 milioni di
copie vendute, mette la Ferrari di Gilles in copertina,
titolando "Gran Prix". Nasce l'epopea del "Rosso 27"
e la "Febbre Villeneuve".
Non ancora passata l'euforia, si torna in pista a
Jarama nei pressi di Madrid, per il Gran Premio di
Spagna. Villeneuve sembra tornare alla normalità
qualificandosi in settima posizione, in terza fila.
Nessuno si aspetta da lui un altro miracolo.

Pronti via!
Il canadese effettua una delle sue partenze folgoranti
e sfruttando la larghezza della pista, mettendo le ruote
di sinistra sulla sabbia, alla prima curva è già in terza
posizione. All'inizio del secondo giro, sfruttando
l'enorme potenza del turbo, passa Reutemann e si
installa in seconda piazza. Dopo quindici giri, il
leader della corsa Alan Jones esce di pista.
Villeneuve è di nuovo primo.

Estasi, ma mancano la bellezza di 50 giri e il canadese è veloce solo sul rettilineo principale, mentre nel misto fa addirittura da tappo a chi lo segue. Gilles non commette errori e gli altri concorrenti non riescono a superarlo. A quindici giri dal termine appare minaccioso Jacques Laffite con la Talbot-Ligier.

Villeneuve è costretto a ridisegnare tutte le curve per resistere agli attacchi della vettura di Laffite, che è la più veloce in pista. I giri al termine scendono, meno dieci, meno cinque, meno due. John Watson ricorderà anni dopo: *"Gilles, aveva un potentissimo motore turbo e ci staccava tutti in rettilineo. Ma non aveva trazione nel misto, era un autentico, enorme tappo rosso. Io aspettavo Laffite e Laffite aspettava Gilles. In alcune curve ci impuntavamo letteralmente. Ma lui non faceva scorrettezze e alla fine ha vinto!"*

Villeneuve ha vinto ancora.

All'arrivo tiene testa ad un trenino di cinque macchine, tutti compressi in un secondo di distacco. Ha subìto per metà gara la pressione costante di cinque vetture, che non sono riuscite a sorpassarlo. Sul podio lo premia il Re di Spagna, Juan Carlos; se ancora non lo fosse a sufficienza, diventa ancora più famoso. Anche chi giudica ancora Villeneuve uno "scassamacchine", deve ricredersi e applaudirlo. Si ripropone prepotentemente, in lizza per il mondiale.

Purtroppo, sarà la sua ultima vittoria.

L'euforia avrà breve durata. Nelle successive gare europee guasti e incidenti, tornano a essere la normalità per Gilles. La 126 CK ha un gran motore, che mal si concilia con un telaio costruito ancora alla vecchia maniera, in alluminio rivettato.

Forghieri ricorda che dovevano fare di necessità virtù, perché pur essendo la Ferrari, non è che in quegli anni ci fossero troppi soldi da investire. In Ferrari si decide di ingaggiare Harvey Postlethwaite, ingegnere con profonde conoscenze telaistiche e di materiali compositi come fibra di carbonio e nido d'ape, per affiancare Forghieri nella costruzione della vettura dell'82. A fine stagione chiede di visionare la 126 CK. Guardandola si domanda, come abbia fatto Villeneuve a vincere due gran premi con quella vettura.
La macchina è decisamente scorbutica, ma il canadese ci mette del suo nel combinare guai.

A Silverstone, per tenere il passo delle Renault e di Pironi, aggredisce i cordoli alla chicane che precede il traguardo, la Ferrari rigidissima, sobbalza e va in testacoda coinvolgendo gli incolpevoli Jones e De Cesaris, che escono di pista. Watson si salva per un soffio inchiodano i freni davanti a loro.

Villeneuve riparte con l'auto danneggiata, ma sul rettilineo dell'Hangar Straight deve parcheggiare la vettura e ritirarsi. I ritiri proseguono in Germania per la rottura di un semiasse, quando era malinconicamente decimo. In Austria, schierato in seconda fila, effettua la solita partenza a razzo e arriva primo alla chicane Hella, percorrendo in testa il primo giro.

Poi Prost lo affianca e il canadese per resistergli all'esterno, mette le ruote sullo sporco e arriva lungo alla medesima chicane; dovrà effettuare uno slalom tra le gomme di protezione e rientra al settimo posto. Percorrerà altri 20 giri poi lo schianto alla Boschkurve, dove sbattendo contro le protezioni apre la sospensione anteriore sinistra.

Alle critiche che riceve per l'ennesimo incidente, Villeneuve si lamenta delle gomme e dei freni che si bloccavano e che secondo lui sono stati la causa dell'uscita alla Bosch. La cosa infastidisce Ferrari, che chiede una relazione a Villeneuve sui fatti di Zeltweg. Nei giorni successivi lo stesso Ferrari invia a Gilles uno scritto di risposta via fax, una sorta di ramanzina, che viene anche data in pasto ai giornali, riassunta così: *"Caro Gilles, grazie per la tua relazione e per la lealtà con la quale riconosci che l'uscita di strada è stato un tuo errore. Errori che comprendo conoscendo la tua ansia di superamento. Sono d'accordo che l'irregolarità della frenata può essere dipesa dalle nuove pastiglie usate, ma in quanto ai pneumatici anche se non sono stati soddisfacenti sulla nostra vettura, bisogna avere la sincerità di riconoscere che hanno permesso ad altri di primeggiare o vincere e anche noi in talune gare abbiamo beneficiato del loro apporto prezioso. Direi che piloti e tecnici dovrebbero astenersi dal formulare tali accuse alla Michelin, che non stimolano la collaborazione ma la inquinano. Non scusarti per il danno alla vettura, questo fa parte del nostro mestiere e trova giustificazione nella premessa. In settimana ci rivedremo per provare a Monza"*.

A Monza torna il Gran Premio d'Italia dopo un anno di stop, causa lavori di ammodernamento del circuito brianzolo. Alle prove del venerdì accorrono in quarantamila, per vedere Villeneuve all'opera. Ma le Renault sono di un altro pianeta. Arnoux stampa un tempo monstre, dando un secondo di distacco a tutti. Gilles intervistato in diretta tv da Mario Poltronieri, dice sorridendo: *"È impossibile riprenderlo, va troppo veloce!"*

La gara si conferma affare di Renault e Williams, che lottano per la vittoria. A Villeneuve al 6° giro esplode una turbina e deve ritirarsi. Pironi tenta di restare agganciato al trenino di testa, poi conclude in quinta posizione.

Al 20° giro all'uscita della seconda di Lesmo, Watson aggredisce un cordolo ed esce di strada sul lato opposto, disintegrando la sua Mclaren, che si divide in due perdendo il motore e le ruote posteriori, che investono la Tyrrell del sopraggiungente Alboreto. Vince Alain Prost su Renault, seguito da Jones e Reutemann. La Brabham di Piquet, terzo all'ultimo giro, rompe il propulsore al curvone Biassono e si dovrà ritirare fermandosi alla variante Ascari.

Per il mondiale sono in lizza Reutemann e Piquet e per vedere chi dei due sarà iridato, bisogna fare il consueto giretto nelle americhe per gli ultimi due appuntamenti mondiali.

Si va a Montreal, dove debutta nella massima formula, Jacques Villeneuve il fratello minore di Gilles, che tenta la qualificazione con la modesta

Arrows lasciata libera da Sthor, senza riuscirci. Il giorno della gara piove e non poco; la gara prende regolarmente il via e passa a condurre Jacques Laffite. Le due Williams pasticciano e scivolano nelle retrovie, mentre Villeneuve che corre in casa, ha sempre una condotta spettacolare e dopo alcuni giri si porta in seconda posizione.

Non riuscirà però a contenere il ritorno di un ottimo Watson e dovrà cedergli la posizione.

Durante la fase di doppiaggio di Daly sulla March, al tornantino urta la Lotus di De Angelis e si gira. Riesce a ripartire rapidamente, ma ha l'ala anteriore piegata e giro dopo giro, con i flussi aerodinamici frontali il baffo si inclina sempre di più, sempre di più, fino a mettersi in verticale ostruendo quasi completamente la visuale al canadese. Villeneuve corre a 300 km/h con una Formula uno, sotto una pioggia torrenziale e con un alettone piegato davanti agli occhi, che non gli fa vedere la strada. Lui dirà a fine gara, che l'esperienza avuta sulle motoslitte oggi lo ha aiutato. Chi corre sulle motoslitte acquisisce un certo coraggio, perché corre con una visibilità pessima. E quel coraggio oggi gli è servito tutto. Gilles, compie tre giri con la visuale quasi completamente ostruita.
Se si ferma ai box è giù dal podio; non se ne parla neppure di fermarsi.

Allora inizia una serie di sbandate controllate per far oscillare l'ala, in modo che si stacchi definitivamente. Niente da fare, l'alettone non ne vuole sapere di staccarsi, finché dopo un ulteriore colpo di volante, all'imbocco del tornante l'ala si stacca e colpisce Gilles sul casco, poi vola via sull'asfalto in un mare di scintille. La Ferrari in frenata, resta improvvisamente senza carico aerodinamico e sbanda paurosamente. Ci vuole tutta la perizia di Villeneuve, che la tiene in pista con un controsterzo sulla destra e uno a sinistra.

Perso l'alettone, Gilles compie gli ultimi giri spingendo al massimo e mantenendo la terza posizione. Torna sul podio dopo due mesi e mezzo e proprio nella sua Montreal.
Durante la cerimonia del podio viene premiato come terzo classificato in questo modo: *"Signore e signori, il terzo classificato è un ragazzo del Quebec, da Berthierville, Gilles Villeneuve!"*

Qui si conferma la sua leggenda.

Il campionato non è ancora concluso e bisogna attendere l'ultima gara a Las Vegas, su un circuito ricavato all'interno del parcheggio del Casears Palace. Reutemann mantiene un punto di vantaggio su Piquet. Le qualifiche vedono l'argentino davanti al brasiliano, ma al via Reutemann parte male e Piquet dopo quindici giri lo supera. Reutemann non reagisce e viene persino doppiato da Jones, che vincerà il gran premio.
Villeneuve schierato in seconda fila, parte bene e insidia subito Jones per la testa della corsa. Poi si ritira per un guasto tecnico alla sua vettura. Verrà

però squalificato perché in griglia, schiera male la sua Ferrari e parte fuori posizione.
Nelson Piquet giunge quinto e racimola i due punti sufficienti a scavalcare Reutemann in classifica.

Sarà il primo brasiliano campione del mondo dopo Emerson Fittipaldi.
Reutemann vittima del suo carattere ombroso e non assistito dalla sua squadra, mastica amaro.

-Stagione 1982-

La stagione 1982 inizia in Sudafrica con una novità e una grossa grana.
La novità è il ritorno alle gare di Niki Lauda a bordo di una Mclaren-Ford, la grana è quella che il presidente della Fisa Balestre, obbliga i piloti a sottoscrivere la *superlicenza* per correre.
Si tratta in sostanza di un documento che contiene due punti all'art. 58, indigesti ai piloti, che se firmato dagli stessi li vincola ad una scuderia per una durata di tempo stabilita. La scuderia in sostanza diventa proprietaria del cartellino del pilota, come succede nel calcio e il pilota non può cambiare team nel corso della stagione.

I piloti non ci stanno, vogliono essere liberi di negoziare in prima persona la loro carriera e non firmano, facendo quadrato tra di loro.
Minacciano uno sciopero, ma Balestre li deride.
La protesta è condotta da Lauda, spalleggiato dai due ferraristi. La mattina del giovedì (giornata di

prequalifiche per cinque vetture), abbandonano i loro hotel, salgono su un pullman e si rinchiudono in un resort il Sunnyside Park Hotel a Johannesbourg, occupando un intero salone e dormendo lì tutta la notte in sacchi a pelo, tutti uniti per evitare ritorsioni. La porta del salone viene bloccata da un pianoforte.

Ci sono immagini che ritraggono Patrese che dorme vicino a Lauda, Villeneuve di fianco a Prost, insomma tutti coesi per un diritto che ritengono sacrosanto - abrogare i due punti contestati dai piloti. Conducono le trattative con la Fisa, Didier Pironi e Niki Lauda.

Balestre minaccia una multa di 10.000 dollari a testa e il ritiro delle superlicenze a tutti i conduttori, dicendo che la Formula 1 esisterà lo stesso anche con altri piloti. La realtà è diversa perché questi, hanno fama e appeal tale da poter sconquassare in un attimo l'intero circus.

Le ore nel resort passano piacevolmente, Elio De Angelis ottimo pianista, intrattiene la platea di colleghi affiancato da Villeneuve.

Viene messa al centro di un tavolo la chiave della sala; chiunque avesse bisogno di andare in bagno potrà uscire, ma dovrà chiudere a chiave il salone dall'esterno e poi rientrare. Due soli piloti decidono di interrompere lo sciopero, Jochen Mass e Teo Fabi, che forse hanno ricevuto minacce di licenziamento da parte dei loro team manager e scendono in pista per le prove.

Venerdi all'ora di pranzo la situazione si sblocca e i piloti ottenuta da Balestre, la cancellazione delle clausole incriminate, decidono di tornare in pista. Giusto il tempo per formare una griglia di partenza e il campionato del mondo 1982, può iniziare. Debutta la Brabham con il turbo Bmw, Piquet e Patrese minacciati da Ecclestone di licenziamento, prendono regolarmente il via. Le due Renault partono in prima fila, seguite dalle due Ferrari e dalle due Brabham-Bmw. Al sesto giro la Ferrari numero 27, rompe le turbine ed è avvolta dalla classica nuvola di fumo bianco.

Pironi per buona parte della gara è secondo, poi noie meccaniche lo costringono al ritiro.

Alain Prost fora un pneumatico, ma per sua fortuna è in prossimità dei box e non perde tanto tempo nella sosta. Andrà a vincere il gran premio, secondo un ottimo Reutemann con la Williams e terzo Arnoux.

Al termine della gara la Fisa comunica ai piloti, che per avere infranto il regolamento sportivo con lo sciopero, sono state sospese le loro licenze internazionali, inclusa la superlicenza.

Solo a quattro piloti non venne sospesa, rispettivamente a Jochen Mass, Teo Fabi, Marc Surer e Brian Henton.

Dopo alcuni giorni la Fisa applicò anche sanzioni da 10,000 a 5,000 dollari ai piloti che hanno aderito allo sciopero. Dopo minacce di non partecipare alla gara successiva da parte di Ferrari e Williams, si placano gli animi e si corre in Brasile, a Jacarepagua.

Il giorno della gara ci sono temperature altissime e i piloti arrivano esausti al termine della corsa. Villeneuve schierato in prima fila di fianco al poleman Prost, scatta al comando e allunga prendendo alcuni secondi di vantaggio, sulle Brabham di Piquet e Patrese, sulle Renault e sulla Williams di Keke Rosberg.

Al 25° giro rinviene prepotentemente Piquet, che in cinque giri azzera il distacco dal canadese, che sembra nettamente in crisi con le gomme Goodyear. Al 30° giro Piquet attacca Villeneuve, che per resistergli esce fuori pista ed è costretto al ritiro.

Da qui in poi, non ci sono stravolgimenti di sorta e sotto la bandiera a scacchi trionfa Piquet che dà la prima vittoria alla Bmw, secondo Rosberg, terzo Prost. I piloti sono sfiniti per il gran caldo. Nelson Piquet, caracolla sul podio e sviene durante la premiazione. Al termine della gara, la Ferrari presenta ricorso contro il vincitore perché presumibilmente ha una vettura sottopeso, non conforme al regolamento. Solo il 20 aprile, la Federazione squalifica Nelson Piquet e Keke Rosberg, dall'ordine di arrivo del gran premio carioca. Questa squalifica porterà i team inglesi a disertare il Gran Premio di San Marino, dove gareggeranno solo quattordici vetture.

Ma prima bisogna correre negli Stati Uniti, costa Ovest a Long Beach. Il week-end si apre con la notizia che Carlos Reutemann, ha detto basta. Dopo aver disputato due ottimi gran premi, il valoroso pilota argentino decide di smettere con le corse e si ritira. A Long Beach sale sulla sua Williams, Mario Andretti. In prova una bellissima sorpresa, la pole position va ad Andrea De Cesaris su Alfa-Romeo.

La Ferrari per protesta contro i team inglesi che fanno correre le loro monoposto sottopeso, presenta per la gara entrambe le vetture con l'ala posteriore modificata, con due segmenti di baffo disassati che portano l'ala ad avere una larghezza tale, che va fino all'estremità delle ruote posteriori.

Un azzardo che porterà alla squalifica di Villeneuve, giunto terzo e sul podio. Il vincitore sarà Niki Lauda su McLaren-Ford; il campione austriaco che ha un oneroso contratto solo per le prime quattro corse, ritorna alla vittoria dopo i due anni di assenza dalle competizioni e la McLaren gli rinnova il contratto per tutto l'82 e il 1983.

Il circus si prepara per la prima delle tappe europee, il 2° Gran Premio di San Marino da svolgersi sul circuito intitolato a Dino Ferrari. Didier Pironi nel frattempo si è sposato con Catherine; il Ds della Ferrari Marco Piccinini è il suo testimone di nozze. Stranamente il franco-friulano, si dimentica di invitare alle nozze il compagno Villeneuve. Bell'amico!

Vista la comunicazione del 20 aprile, riguardo la squalifica di Piquet e Rosberg a Rio, i costruttori inglesi (o gli assemblatori come li chiama Ferrari), appartenenti alla Foca diretta da Bernie Ecclestone, decidono di boicottare il San Marino.

I Motorhome dei team inglesi, già presenti sul circuito imolese fecero ritorno nelle proprie sedi. Ma alcuni team come Tyrrell, che aveva uno sponsor delle ceramiche imolesi, non aderì alla protesta e gareggiò regolarmente con le vetture affidate a Michele Alboreto e Brian Henton. La Arrows che aveva sponsor italiani, si tirò indietro all'ultimo momento.

Le vetture in gara furono solo quattordici; le due Ferrari, le due Renault, due Alfa-Romeo, due Tyrrell, le due Osella ed entrambe le Ats, accompagnate dalle Toleman.

La mattina prima della gara, l'Ingegnere Roberto Nosetto, chiede udienza ai piloti di Ferrari e Renault, pregandoli di poter rendere comunque decoroso un gran premio con poche vetture, facendo un po' di *"cinema"* per accontentare i centomila spettatori presenti sul circuito.

Si trova un accordo in cui si farà una battaglia di sorpassi fino a metà gara e poi ognuno riprenderà le posizioni del via e ci sarà gara vera. Pironi all'inizio tentenna: *"Roberto, c'è il campionato di mezzo, ti farò sapere"* – poi aderisce.

Le Renault sono velocissime e occupano l'intera prima fila, subito dietro Villeneuve davanti a Pironi, gli altri a seguire.

Sulla seconda Osella, fa il debutto un giovane milanese, Riccardo Paletti che centra la sua prima qualifica.

Al via scattano bene le Renault seguite dalle Ferrari. Dopo pochi giri Prost ha noie meccaniche e deve fermarsi. Anche De Cesaris è costretto ai box, mentre la gara di Paletti, partito dal pit-stop con due giri di ritardo, alla decima tornata è già finita. Molto bene Alboreto che tiene la quarta posizione. Per metà gara, come da accordi si fa *"cinema"*, la Renault di Arnoux e le Ferrari si danno battaglia, alternandosi al comando. A quindici giri dal termine, Villeneuve inizia a sfiancare Arnoux e tre giri più tardi la Renault numero 16 rompe la turbina al Tamburello e si deve arrestare dopo la curva Tosa. Mancano dodici giri al termine e le due Ferrari sono in testa, 1° Villeneuve, 2° Pironi.

"È finita, abbiamo vinto! Portiamo le macchine al traguardo" – pensa tra sé e sé il canadese, che rallenta l'andatura di 2 secondi al giro. Non la pensa così Pironi, che alla prima sbavatura di Villeneuve alla Rivazza, lo passa e si issa al comando. All'inizio di questo giro ai box Ferrari espongono un cartello equivoco *"slow"*, – andare piano. In altri due pannelli i meccanici scrivono *"1° Villeneuve + 45 Alboreto"*, sull'altro *"2° Pironi + 45 Alboreto"*.

Ma come detto, Pironi durante questo giro va al comando e spinge. I tempi scendono invece di salire. Quando è in testa Villeneuve si gira in 1'37'5, ora che al comando c'è Pironi i tempi scendono a 1'35'5. Il *"friulano"* sembra in palla, ha un'aerodinamica migliore sull'anteriore, perché rispetto alla Ferrari numero 27, monta i baffi. Gilles cautamente guardingo pensa che Pironi stia divertendo ancora il pubblico, tanto il cartello dai box era chiaro, 1° Villeneuve, 2° Pironi.

Il cartello slow, viene esposto fino a 7 giri dal termine, questa volta con le posizioni invertite. In questa tornata Villeneuve ritorna al comando forzando l'ingresso alla Piratella, rischiando sullo sporco fuori traiettoria. Intanto negli studi Rai, dove va in onda il contenitore della domenica pomeriggio "Blitz", trasmissione condotta da Gianni Minà, che trasmetteva la diretta dei gran premi con autorevoli ospiti in studio, quella domenica ha ospite Jody Scheckter.

L'ex pilota campione del mondo con la Ferrari, dichiara a più riprese che c'è una guerra dichiarata tra Villeneuve e Pironi. Ad avvalorare questa tesi a 5 giri dal termine, Pironi torna in testa e Scheckter commenta: *"Ecco vedete, Pironi sta passando Gilles in questo momento! Ferrari non vuole che i suoi piloti lottino tra di loro, tra me e Gilles non ci sono mai state queste battaglie e ognuno è sempre rimasto al proprio posto, uno a protezione dell'altro. Perché puoi portare a casa una doppietta sicura, semplicemente restando primo e secondo senza battagliare".*

In cabina di commento a Imola, Mario Poltronieri ha come ospite Sieghfried Stohr, l'ex pilota Arrows nel campionato 1981.

Anche Stohr conferma l'ipotesi di Scheckter, che Pironi non sta scherzando. Tra il 49° e il 51° giro, Villeneuve tenta inutilmente di riportarsi in testa. Pironi lo respinge in ogni occasione. Proprio al giro cinquantuno il canadese deve frenare alla Tosa, sbandando pericolosamente perché Pironi gli ha chiuso la porta in faccia. Mancano due giri al termine.
Chi sta scrivendo, allora tredicenne, decide di spegnere la televisione per troppa ansia da

superamento. Da almeno un quarto d'ora vivo con terrore questa lotta e ho la brutta sensazione che i due stiano litigando e finirà male.

Nel frattempo al 52° e penultimo giro Villeneuve, riesce a prendere la scia già al Tamburello e si presenta alla Tosa di nuovo in testa alla corsa. Tornati sul traguardo Villeneuve alza di nuovo il piede, convinto che Didier resterà al suo posto.

Inizia l'ultimo giro.

Pironi vuole vincere, non sta al suo posto, siamo a Imola davanti al popolo ferrarista; quale occasione migliore per rilanciarsi e diventare il nuovo idolo dei tifosi. E al diavolo i perbenisti e l'amicizia con Villeneuve.

Didier prende nuovamente la scia a Gilles che non crede ai suoi occhi e lo assale letteralmente all'ingresso della Tosa, affiancandolo e tagliandogli la strada per poi chiudere la traiettoria all'interno. Riaccendo la tv proprio in questo momento e il monitor sfacciatamente mi presenta, l'atroce assalto alla preda.

Purtroppo la preda è il mio idolo, la preda sono io. Villeneuve riceve l'equivalente di un ceffone in faccia e con lui tutti i suoi tifosi. È stato come essere spinto giù da un balcone. – *Basta canadese, adesso basta, fatti in là!*

Gilles tenterà disperatamente di reagire, ma rischia di uscire di pista all'uscita delle Acque Minerali, intraversandosi.

Poltronieri, estasiato in cabina di commento chiede a Sthor:*"Secondo te Stohr, in quale punto Villeneuve tenterà di nuovo l'attacco?"*

– *"Se questo è l'ultimo giro, Pironi ha vinto!"* –
risponde il buon Siegfried.

Gilles tenterà nuovamente all'uscita della
Rivazza, dove Pironi metterà due ruote sulla terra, ma
il francese chiude tutti i varchi e trionfa. Per molti è
un autentico tradimento ai danni del canadese, per gli
altri che non sopportano le condotte di Villeneuve,
Pironi ha fatto bene.
Scesi dalle vetture sappiamo già come andò, la
reazione del canadese è furente; si scaglia contro il
direttore sportivo Marco Piccinini, reo – secondo
Gilles – di spalleggiare Pironi.

.." e adesso cercatevi un altro pilota!" – sbraita
Gilles, che non vuole salire sul podio e litiga perfino
con Antonio Giacobazzi, suo principale sponsor e
amico. Quel giorno ai box Mauro Forghieri non c'era,
era assente per motivi familiari.

L'Ing. Forghieri disse che chi era a capo quel
giorno, non ebbe il coraggio di scrivere sul cartello,
1° Villeneuve, 2° Pironi, cosa che lui avrebbe fatto
chiaramente. Secondo Forghieri,

Gilles avrebbe dovuto vincere, perché in quel
momento era primo e perché aveva deciso di restare a
Maranello negli ultimi due anni, anni difficili per la
Ferrari, senza cedere alla corte di altri team.

Villeneuve non vuole salire sul podio.

Supplicato dalla moglie Joanna e da Antonio Giacobazzi, di farlo almeno per i tifosi e per le autorità sanmarinesi, Villeneuve sale sul podio con una faccia da funerale e scappa via appena ricevuto il piatto d'argento del secondo posto.

Pironi ha stampato in faccia un sorrisino beffardo e con quella faccia paffuta da Cicciobello (questo era il suo soprannome, perché biondo con le lentiggini), tenta un approccio con Gilles che invece vorrebbe prenderlo a ceffoni. Al ritorno nel motorhome, Villeneuve lancia letteralmente il piatto d'argento sul divano, dove era seduto Antonio Giacobazzi. *"Tienilo, è questo che volevi no? Il mio trofeo era quello del primo posto, ma me l'hanno rubato".*
Il giornalista Rai, Ezio Zermiani durante le interviste dopocorsa, incalza Pironi: *"Ma tu hai visto il cartello slow, cioè mantenere le posizioni?"*

– *"Slow, vuol dire slow, mantenere le posizioni vuol dire mantenere le posizioni.."* – risponde con malizia Pironi.

"Ah, tu dici che sono due cose diverse? Quindi dovevi vincere e hai vinto!" – ribatte Zermiani.

– *"Non dico che dovevo vincere, ma all'ultimo giro la macchina di Gilles ha avuto un problema e allora ha vinto la mia. Per una volta credo che una mia vittoria, non sia ingiustissia!"* – replica il francese.

Ai box Pironi si imbatte in Christian Tortora, giornalista francese immigrato in Canada e che segue Villeneuve dai suoi esordi; Pironi lo ferma e gli chiede: *"Ma cos'ha Gilles, sembra arrabbiato con me?"*

– *"A buon ragione, dopo il torto che gli hai fatto! Senti...è inutile che parli con me, vai da lui e senti cosa ha da dirti"*.

Poco dopo Pironi va a parlare con Gilles che lo accusa di essere un falso, un traditore, un finto amico e che d'ora in poi non gli rivolgerà mai più la parola. Pironi quel pomeriggio venne persino lasciato a piedi da Villeneuve, che era passato a prenderlo a casa il giovedì, con il suo elicottero.
L'indomani i giornali titolano: *"Bastano due vetture per fare un gran premio"*.
Mentre Pironi scompare per quattro giorni in compagnia di una starlette della televisione italiana, alla faccia del fresco matrimonio, a Maranello l'atmosfera è rovente. Il Commendatore Ferrari è costretto ad emettere un comunicato alla stampa con il quale dà in parte ragione a Villeneuve, ma scusa anche la bramosia di vittoria di Pironi.

Il giovedì dopo Imola, Villeneuve si reca a Maranello in elicottero accompagnato dal suo amico Jody Scheckter. Chiese di parlare con Ferrari, che lo incontrò. Il Drake, pur capendo il malumore di Gilles, sminuì le sue accuse verso Pironi.

– *"Gilles non te la prendere, ha comunque vinto una Ferrari. Vedrai che potrai rifarti nelle prossime gare.* Villeneuve che credeva di trovare supporto dal suo più grande estimatore, si rende conto che a Ferrari interessa solo che vinca la Ferrari e non vuole sentire parlare di presunte preferenze o favoritismi in favore di Pironi. Il canadese, che pensava di trovare sollievo al suo malanimo esce dall'ufficio di Ferrari ancora più adirato e capisce che qualcosa è cambiato all'interno del team. Gilles, venuto a conoscenza che Marcello Sabbatini direttore del settimanale Rombo, è all'esterno dei cancelli della pista di Fiorano ed è stato appena respinto da Ferrari (che non vuole che si intervisti Villeneuve), esce fuori dai cancelli e rilascia lo stesso l'intervista a Sabbatini.

S. *"Ciao Gilles, novanta ore dopo Imola, è passata la rabbia, è rimasta la febbre (febbre Villeneuve ndr)?"*

– *"Si, è rimasta la febbre...(sorride), ma si, come ho detto a fine gara, mi ha rubato questa vittoria e la penso ancora così".*

S. *"Non cambi idea Gilles?"*

– *"No, non cambio idea; se tu vedi i tempi della gara vedi che ho ragione io su questo.*

S. *"Senti Gilles, ma avevate un accordo o no?"*

– *"Da qua a tre anni che io sono alla Ferrari, Piccinini ha detto, di non fare la battaglia e che se*

*siamo in testa e non c'è nessuno dietro, bisogna
andare piano e finire così. In Sudafrica nel '79 io
sono sempre stato dietro Jody e l'ho passato solo
quando Jody si è fermato ai box; lo stesso ho fatto a
Montecarlo, quando Jody andava piano perché
avevamo un grande vantaggio, io mai ho tentato di
passarlo. A Monza, quando avevo la mia ultima
fortuna per vincere il titolo mondiale, non ho mai
tentato di passare Jody. Se tu vedi la gara di Imola,
quando io sono davanti, giro in 37,5 o 37,8, per
risparmiare la benzina, per la macchina e perché
abbiamo 45 secondi su Alboreto. Quando è davanti
Pironi giriamo in 35,5".*

Sarà l'ultima intervista rilasciata ad un giornalista
italiano, andata in onda per Rombo Tv.
Poi si deve andare a Zolder e dei giorni di Zolder
sappiamo già tutto.

Sono ormai all'ultima curva di questo libro e vorrei
riportare le parole di Keke Rosberg, che il lunedì
mattina dopo il Gran Premio a Zolder, lasciò il
circuito per ultimo: *"Vedi, ieri qui c'erano migliaia di
persone e c'era la classica atmosfera dei gran premi.
Odore di salsicce, rumore, bandiere e colori. Ora
non c'è più nessuno, è un ambiente spettrale, restano
solo cartacce ed erba calpestata, ma soprattutto resta
quell'elicottero appena dipinto, che purtroppo con
Gilles non volerà più"*. Il nuovissimo Agusta da 7
posti acquistato da Gilles appena tre mesi prima, resta
malinconicamente parcheggiato sul circuito.

Ma non voglio chiudere il libro con una nota triste e a tal proposito, prendo in prestito le parole di Mauro Forghieri: *"Eravamo a Le Castellet, sul circuito Paul Ricard per provare; ci alzammo la mattina e c'era una fitta nebbia e la pista era umida, non si vedeva niente. Cercai di raggiungerlo al telefono (ancora non esistevano i telefonini), ma non rispondeva. Poco dopo rispose Joanna, la moglie, che mi disse che stava arrivando in elicottero"*.

– *"Come in elicottero?" – dissi io;*

– *"Qui c'è una nebbia assurda, come fa a pilotare l'elicottero?"*

"Dovete sapere che Villeneuve, pilotava l'elicottero come fosse in vettura. Lui seguiva le strade dall'alto, non usava le mappe o i radar.
Giusto il tempo di riattaccare e lo vedemmo atterrare sulla pista, c'era con lui suo figlio Jacques che aveva 11 anni. Tra me e me pensai: E' più matto di quello che credevo!"

"Gilles ti ho chiamato a casa per dirti di non partire, perché non hai aspettato?"

– *"Volevo vedere come erano le cose e mi sono mosso lo stesso".*

"Purtroppo non possiam provare, la nebbia non si alzerà per tutto il giorno, la pista è umida e ce l'abbiamo prenotata fino alle cinque del pomeriggio

– *(era inverno). Comunque non ti preoccupare adesso andiamo tutti a mangiare, vieni anche tu".*

– *"No, grazie Mauro ma devo andare".*

"Ma dove vai con questo tempo, è rischioso!"

– *"Non preoccuparti mi sollevo di alcuni metri ed è tutto perfetto".*

"Si alzò nuovamente con quella nebbia e con il fanciullo a bordo sparì, forse tornò in montagna da Joanna e Melanie".

EVVIVA, GILLES VILLENEUVE!

"Villeneuve, con il suo temperamento, conquistò subito le folle e ben presto diventò... Gilles! Sì, c'è chi lo ha definito aviatore e chi lo valutava svitato, ma con la sua generosità, con il suo ardimento, con la capacità "distruttiva" che aveva nel pilotare le macchine, macinando semiassi, cambi di velocità, frizioni, freni, ci insegnava cosa bisognava fare perché un pilota potesse difendersi in un momento imprevedibile, in uno stato di necessità. È stato campione di combattività e ha regalato, ha aggiunto tanta notorietà alla Ferrari.

Io gli volevo bene."

Enzo Ferrari

"Monumenti, dediche, vie e curve Villeneuve"

- A Montreal il circuito dove corre ancora la Formula 1 moderna, porta il suo nome e sulla linea di partenza c'è una scritta *"Salut Gilles"* – *"Circuit Gilles Villeneuve"* Ile de Notre Dame – Montreal
- Sul circuito Enzo e Dino Ferrari di Imola è stato restaurato due anni fa un monumento, posto all'esterno della chicane che si chiama *"Variante Villeneuve"*.
- Sul circuito di Zolder, la curva Terlamenbocht è stata avanzata e al suo posto 30 anni fa è stata creata una chicane, la *"Gilles Villeneuve chicane"*.
- A Fiorano Modenese, l'ingresso del circuito di prova della Ferrari porta il suo nome: *"Via Gilles Villeneuve"* e all'inizio del viale sulla sinistra è presente un busto in bronzo raffigurante il pilota canadese.
- Nel Museo di Berthierville, sua città natale, all'esterno è presente un monumento di bronzo a grandezza naturale di Gilles. *"Museè Gilles Villeneuve"* a Berthierville – Quebec – Canada.
- A Berthierville nel Québec, in Canada esiste *"Boulevard Gilles Villeneuve"*

- Tra Québec e Lévis nel Québec in Canada,, esiste *"Rue Gilles Villeneuve"*
- A Trois-Riviéres nel Québec in Canada,, esiste *"Avenue Gilles Villeneuve"*
- A Repentigny nel Québec in Canada, esiste *"Rue Gilles Villeneuve"*
- A Mirabel nel Québec in Canada, esiste *"Rue Gilles Villeneuve"*

- A Betim in Brasile esiste *"Rua Gilles Villeneuve"*

- A Sabaudia in provincia di Latina, esiste *"via Gilles Villeneuve"*
- A Ponte di Piave in provincia di Treviso, esiste *"via Gilles Villeneuve"*
- A Casalecchio di Reno in provincia di Bologna, esiste *"via Gilles Villeneuve"*
- A Santa Monica-Cella in provincia di Rimini, esiste *"via Gilles Villeneuve"*
- A Giove in provincia di Terni, esiste *"via Gilles Villeneuve"*
- A Chiesa in provincia di Brescia, esiste *"via Gilles Villeneuve"*

- A Pergusa in prossimità del circuito, in provincia di Enna, esiste il *"Kartodromo Gilles Villeneuve"*

I marchi:

Booking.com
Flixbus
Bo-Ness Wellness e Spa - Hasselt
Made in flowers
Autolinee Delijn - Belgio
Zolder Circuit – Heusden Zolder

Sono marchi dei legittimi proprietari

--

Le menzioni sulle battute di Checco Zalone
e Lino Banfi, sono riportate in maniera spontanea
e narrate in quel contesto.
Anche la citazione di 'Bomba o non bomba'
di Antonello Venditti, era senza dubbio lo specchio di
quel momento vissuto ad Hasselt.

Grande, la stima che nutro per questi straordinari
artisti.

Altri libri della mia collana:

2015 – Papà mi racconti le marachelle che combinavi da piccolo?

2015 – E all'improvviso tornò in acqua!
(Due granelli di sabbia, un binario e la vita)

2016 – Perché muoiono gli eroi?

2016 – Ne vedo di tutti i colori!

2020 – Una Rosa per Vilnòf